KB047330

생각의 저편

만 년 의　양 식 을　찾 아 서

생각의 저편

김병익 지음

문학과지성사

이치서 형에게,

이 비루한 세상에서
더없이 정직하고 성실했던

서문

이 책은 2016년 12월부터 2021년 2월 사이 『한겨레』 신문에 실린 내 이름의 칼럼을 모은 것이다. 이보다 앞서 네 해 동안 쓴 칼럼들을 묶은 『시선의 저편』(2016)을 잇는 속편이 되는 셈이다. 먼저 시선이 있어, 보았기에 그것들에 대해 나름으로 피어오른 것이 생각이어서 그 이음새를 보여줄 말로 제목을 짓기는 했지만 그 생각이란 게 깊거나 높거나 유다를 것은 아니어서 별다른 의미를 찾을 필요는 없겠다.

여든 앞뒤의 나이에 든 생각들이 늙음의 갖가지 짓들을 돌이켜보고 한스럽게 만들지만, 이 글들을 다시 보며 새삼 찾아낸 것이 하나 있다. 앞쪽의, 그러니까 이 책의 글 가운데 앞선 시절의 것에서는 그즈음의 세상 움직임에 대해 매우 큰 기대를 품었다가 마지막에 이르러서는 실망에 젖어 다음 시절의 세상으로 기대를 옮겨, 아무런 억압감 없이 성인이 된 젊은 세대에 희망을 품게 되었다는 점이다. 이 달라짐이 더 묵어버린 나이에서 비롯된 심술 탓인지, 세상의 나아짐 속에서 음흉하게 끼어드는 불길한 징조 때문인지 나도 잘 가늠되지 않는다. 이 책을 읽는 수고를 마다하지 않으실 분들에게 그 판단을 여쭙는다. 분명한 것은 이제의 나는 마음 좁게 쓰기와 거기서 비롯될 부끄러움을 마다하지 않는다는 점이다.

하찮은 글쟁이에게 긴 기간 글자리를 마련해주시는 『한겨레』 신문과 오피니언팀 여러분의 넉넉함과, 이 어지러운 글들을 든든히 엮어준 문학과지성사의 이근혜 주간 등 후배들의 따뜻함을, 거듭 빚져 더욱 가난해지는 내 마음 빈 곳에 고마움의 말뜻으로 쌓아두겠다. 글을 쓸 때마다 먼저 읽고 따뜻한 훈수로 도와주는 아내 지영에게는 먼젓번의 책에서 드린 정다운 인사를 거푸 보낸다. 그리고,

이 책을 바치는 이치서는 초등학교 때부터의 가장 오랜 친구로, 참으로 겸손하게 살던 그는 네 해 전 이맘때 문득, 이 세상을 버리고 먼저 떠났다. 요즘의 수선스러움 속에서 그를 자주 떠올린다.

2021년 4월

김병익

차례

서문 6

'촛불 시위'의 정치 시학 11
블랙 리스트 18
'인간의 얼굴'을 한 거버넌스 25
『무정』 100년 32
'지성과 반지성' 재론 39
"몸은 땅에, 영혼은 노을에" 46
민영익의 세계, 뉴턴의 시계관 53
지식사회의 압축 성장 60
고흐의 증례 67
작가들, '자유의 바다'를 바라보다 74
쓸모없음의 쓸모 81
금, 긋기와 지우기 88
'과학의 세기'와 그 불안 95
지나간 세기에의 미련 102
한갓진 글쟁이의 다행 109

4·19세대의 시효 116
역사에의 관용 122
전범국의 자기기만 128
문화문자로서의 한글 134
세대론 수감 140
2020년, 그 설운 설에 '다시' 146
'아름다운 시절'을 위하여 152
큰눈, 먼눈: 『한겨레』 10000호 158
고르바초프의 역설 164
'거리두기' 문화론 170
동심으로의 피정 176
기억으로서의 크리스마스 182
2020, 그 자부심의 세대 188

덧붙임 '늙은' 칼럼니스트의 심사 194

『생각의 저편』과 함께 읽은 책 199

'촛불 시위'의 정치 시학

촛불은 바슐라르 같은 위대한 몽상의 철학자만이 아니라 나 같은 범용한 세속인에게도 아담한 빛으로 어둠을 밝히며 명상에 젖게 하고, 손바닥으로도 가려질 조그마한 불꽃의 희미한 따뜻함은 세상의 한기를 덥힐 소중한 소망을 피워준다. 그 촛불들이 몇 개에서 몇천 개로, 몇십만 개로 모여들어 도심의 소요를 지우고 초겨울의 추위를 막아낼 뜨거운 불꽃으로 번져날 때 그 수줍은 미덕은 마침내 광장의 정치학으로 비약하고 그 조용한 아름다움은 세련된 민주주의의 미학이 되었다. 수천만의 우리는 작은 촛불이 광장의 정치 시학으로 확산되는 장면을 현장에서, 화면으로, 기사로 겪고 보고 읽었다. 그리고 마침내 '12·9 결단'을 일구었다. 여든에 이르는 내 생애에 4·19와 6·10에 이은 세번째 시민혁명, 그래서 우리의 일상화한 민주주의, 아렌트 식으로 바꾸어 말하면 '민주주의의 일상성'으로의 발전을 확인한 것이다.

나는 거리에서 외치는 시민민주주의자들의 첫 고함을 들을 때 라인홀드 니버의 제목을 따 '비민주적인 사회와 민주적인 시민'의 불균형스런 우리 정치사회에 한탄했다. 왜 우리는 여전히 권력 가진 자들의 횡포에 속아 넘어가고 돈 있는 자들의 억압을 견뎌야 하며 목청 큰 가짜들의 소행에 길들여져야 하는가. 그러면서도 끝내 희망을 버리지 않은 것은 우리 현대사에서 시민의 성장과 정의에 대한 끈질긴 믿음을 경험한 때문이다. 1960, 1987 그리고 2016 등 거의 30년 한 세대마다 일어나는 뜨거운 항의는 불우한 우리 근대사의 굴곡과 '압축 성장'으로 왜곡된 우리 현실을 수정해왔다. 그것은 대가 없는 역사란 존재하지 않고 고통 없는 성장이란 가능하지 않다는 경험적인 정리를 가르쳤고 정치적 · 경제적 · 문화적 발전에는 시민들의 피어린 노고가 요구된다는 진실을 깨우쳐주었다. 우리 민주주의 역사는 세계의 현대사에 멋진 실례로 기록되어야 할 것이다.

4·19는 반 세대 전 식민지 상태로부터의 해방에 마땅히 따라야 할 앙시앵레짐(구체제)의 구조를 타파하면서 10년 전의 한국전쟁이 안겨준 수난과 불행을 극복해야 할 계제에서 일어났다. 한 소년의 어이없는 주검으로 시작된 항의가 서울의 수십만 젊은이들의 시위로 확장된, 그리고 혁명이고 의거이고 기념으로 그 평가가 오르내린 4·19는 새로운 세대의 출현을 예고하고 있었다. 그들은 우리말로 교육받고 우리글로 사유한 해방 후의 첫 한글 세대였고 기성사회에 진입하여 사회적 근대화와 산업경제를 주도한 새 패러다임 사회의 시민이었다. 이듬해 이 민주혁명에 반동으로 제기된 5·16의 일본어 세대 주체는 민주주의의 실천에는 아직 미숙한 우리 국가와 사회를 군대식 관료 체제로 운영했지만 그 군부세력은 산업 발전으로 민주주의를 감당할 경제적 풍요와 중산층을 일구는 큰 성과를 만들어주었다. 그들은 구세대의 유습을 벗지 못해 독점 장기 권력으로 국민들을 장악했지만, 유신과 독재에 대한 내부 저항으로 전임 통수권자 못지않은 참담한 운명을 감당해야 했다.

6·10은 경제 발전과 문화 성장, 이에 따른 시민의식의 진화에도 그것을 따르지 못한 군사권력 세대의 둔감한 시대 의

식과 절차에 대한 항의로 전개되었다. 이번에도 한 대학생의 안타까운 죽음이 빌미가 되었지만, 여기에는 민주주의적 삶의 질과 형식에 길들여진 숱한 중산층이 지닌 이념과 실제 간의 고통스런 괴리가 합류했다. 그 주체는 현대사회적 체질로 발전한 시민들과 산업사회 노동자들이었으며 자유롭게 사유의 길을 넓힌 개방 시대의 젊은이들이었다. 그들은 그동안의 금기였던 진보적, 탈자본주의적 인식으로 사상을 넓히며 평등의 실질적 민주주의의 실현을 열망했다. 이 인식과 추구의 성과로써 우리의 정신과 현실의 선택은 전방위적으로 열리고 자유와 박애가 함께할 새로운 체제 이념이 실천적으로 확산되었다. 6·10은 자칫 후진국의 타성이 될 군인들의 권력욕을 제어하고 노동자의 권리와 여성, 장애자 등 소수자 인권의 존중과 없는 자들을 위한 복지권과 지방자치권을 키웠다.

꼭 한 세대 후에 이루어진 12·9의 결단은 두 번의 앞선 혁명에도 여전히 미진한 상태로 처져 있던 민주주의의 생활화와 내면화를 위한 진전이 되리라. 그것은 민주주의가 정치권의 상투어가 아니고 권력자가 남용할 위선이 아니라 우리 사회적·개인적 삶의 실질이 되기를 바라는 평범한 시민들의 염원이다. 정치는 정도를 걸어야 하고 권력은 바르게 사용되어야 하며 지도자는 시민들의 의지를 옳게 헤아려야 한다는 큰 요구로부터, 부는 평등하게 분배되어야 하며 가진 자의 갑질은 제거되고 5포 세대는 자신의 미래에 대한 희망을 건질 수 있어야 하며 '헬 조선'에서 지옥의 암울한 이미지를 벗겨내야 할 실행적 처방을 제시한다.운영에서 '고장(out of order)'나서 통치력을 '상실(out of system)'하여 마침내 '부재(out of being)' 상태에 빠진 국가원수직의 존재와 책임을 어두운 밀실에서 밝은 광장 앞으로 드러내기를 요구한 것은 그 일상화한 민주주의를 실천하는 가장 새삼스러운 첫발이다.

나는 우리 민주주의 역사에 필수적일 이 계기가 '촛불'이란 작고 따스하며 꺼질 듯 힘없는 빛에서 이루어졌다는 점에 한없는 감동과 자부를 갖는다. 그 약한 빛의 펄럭거림은 밀실에서 광장으로 뛰쳐나와 차분한 속삭임에서 거대한 함성으로, 개인적인 꿈에서 참여와 연대의 열망으로 폭발했다. 한낱 그 소망의 불빛은 수백만, 수천만 민주 의식의 열기로 증폭했고 촛대 위의 가냘픈 불꽃은 아름다운 촉화(燭畵)를 그리며 꺼지지 않는 촛불, 타오르는 횃불로 번졌다. 수백만 불꽃들이 외친 공동의 열망은 새로운 시대와 체제의 희망으로 부풀어오른 희망과 자부심의 표현이었다. 그럼에도, 그 요구와 열기의 함성 속에서, 아아 그럼에도, 한 명의 연행자도, 부상자도 없이 평화적으로, 환희의 축제를 이루었다. 어느 시대의 반항이 이처럼 평화로웠던가, 어느 곳의 시위가 이처럼 즐거웠던가. 어린아이들은 엄마 아빠의 손을 잡고 역사의 현장을 기억 속에 심었고 청년들은 시위 끝의 어지러운 쓰레기들을 치웠으며 꽃 스티커를 붙였다. 그들은 어른이 되어 민주주의 권력체제가 망가지면 어떤 모습이 될지 교육받을 것이고 지금의 내 나이에 이르면 "이것이 우리 시대였다"란 뜨겁고 엄숙한 역사화(歷史畵)로 회상할 것이다.

나는 이 '12 · 9 결단'이 곧바로 우리 정치적 · 사회적 삶에 고스란히 성취되고 민주주의의 생활화가 편하게 이루어지리라고 결코 낙관하지 않는다. 이미 숱한 고통과 희생이 요구되었듯이 앞으로의 정치 현장과 시민 광장에 숱한 문제들이 생기고 잇단 결렬이 일어나며 우리를 실망시키기도 할 것이다. 그러나 돌멩이와 총으로 맞선 4 · 19가 봉건 농경제 사회적 배경에서 일어난 투쟁이며, 화염병과 최루탄의 6 · 10 항쟁이 교도적 산업사회 속의 충돌이라면, 12 · 9 시위는 촛불과 차벽으로 마주한 새 세기 권력 해체적 문화 다양성의 요구로 진화해간다. 이 과정에서 일어날 숱한 구조적·세대적 갈등들은 끝내 시민사회의 가치로서 '민주주의의 일상화'가 발현되리라 믿는다. '촛불 정치'의 가장 큰 의미는 모호한 민주주의의 실재가 바로 '민주주의를 향한 실천적 과정'에서 이루어지며 그 민주화의 절차 수행이란 동어반복 속에서 성숙한다는 점이다. 가냘픈 촛불의 강렬한 정치 시가 지닌 미학이 이 아름다운 진실을 예고하고 있다.

〔2016. 12. 23.〕

블랙리스트

지난가을 동네 카페에서 하릴없이 스마트폰을 주물럭거리던 끝에 들어가본 자기검색에서, 내 이름에 '블랙리스트'란 말이 붙은 걸 보았다. 뭔 일? 신기해서 열어보니 가나다순으로 나열된 그 명단 중 '세월호 시국선언 문학인 754명' 속에 내 이름이 들어 있었다. 그제야 2014년 봄, 작가회의의 선언문 발표 연락이 왔고 나도 동의했던 일이 생각났다. 리스트에 들기도 참 수월하군, 혀를 차며 한 일 없이 이런 명단에 오른 것을 신기해하다가 문득 한 해여 전에 있었던, 의아스러워 화를 낸 사건이 떠올랐다. 으레 만나는 친구들과 어울리는 모임이 떠들썩해질 참에 문학과지성사 주일우 대표가 서명해달라며 용지 한 장을 내놓는데 나도 모를 무슨 문체부의 서훈에 본인 동의가 필요하다고 했다. 손해 볼 일은 아닌 듯해 더 묻지도 않고 서명했는데 그로부터 10분이나 되었을까, 문체부라면서 그 동의서를 내지 말아달라는 전화를 해왔다. 왜냐는 질문에 승인될 것 같지 않아서라고 했다. 바라지도 않은 훈장으로 덕볼 일도 아닐 것이어서 시원스레 그러지요 하고 그 용지를 버렸다.

자리를 끝내고 집에 돌아와 문득 그 생각이 떠오르면서 공무원의 뜬금없는 전화가 못마땅해졌다. 다음 날 어제의 통화자와 접속에 성공하자(스마트폰의 찬탄할 기억력!), 서훈의 결정권자는 문체부 아니냐고 물으니 그렇다고 했다. 그러면 당신들이 탈락시키면 될 일을 당사자에게 전화까지 해가며 원천 봉쇄하는 이유가 뭐냐고 물었다. 당당하던 그의 처음 기세는 웅얼웅얼 졸아들었다. 나는 그 이름까지 들어두고는 무례한 과잉 친절과 어설픈 업무 처리를 힐난하는 것으로 마감해버렸다. 바로 그 일이 문제의 '블랙리스트'와 연관되지 싶었던 것이다. 나는 별로 한 일도 없이 '검은 훈장'의 명예를 얻은 것이 민망해서 작가회의의 집단소송에 참여할 엄두를 버리고 대신 『문화적 냉전』이란 흥미로운 책을 펼쳤다.

'냉전'이란 말은 소년 시절부터 들어온 상투어였고 그 심각한 체제를 무감하게 살아왔기에 정작 '동서'가 아닌 '문화적 냉전'이란 것은 생소한 만큼 흥미롭게 다가왔다. 영국의 언론인 프랜시스 손더스가 쓴 두툼한 이 논픽션은 2차 세계대전이 끝나면서 국제적인 지성지로 이름난 『인카운터』 등의 교양지 발행이 미국 CIA의 자금 지원 덕분이었다는 사연을 치밀하게 추적하고 있었다. 패전국 독일을 미-영-불-소 4개국이 분할 통치하는 가운데 특히 미국은 소련 공산주의의 침투를 방어하는 데 매우 적극적이었다. 그들은 나보코프(소설가 나보코프의 사촌동생이다)와 조셀슨을 중심으로 베를린에서 〈세계문화자유회의〉를 조직하여 서구 지식인 사회에 반공의 벽을 쌓고 유명한 지성인들을 동원하며 '자유민주주의의 가치'를 전파하는 데 막대한 경비를 썼다. 1960년대의 내가 세계적인 문필가로 스티븐 스펜더, 이사야 벌린, 아서 쾨슬러, 시드니 훅 등 저명한 필자들의 이름을 본 것이 그 잡지에서였다. 그런데 그 필자들과 편집자들은 대체로 1920~30년대에 좌파로 경사되었다가 독소협정, 스탈린 전체주의에 환멸을 느끼고 전향한 진지한 우파 지성들이었다.

『문화적 냉전』의 옮긴이 유광태 · 임채원은 각주에서 『1960년대를 묻다』(권보드래 · 천정환)를 인용하여 우리나라에서 "세계문화자유회의와 연관이 깊은 잡지로는 『사상계』가 알려져 있었다"라는 설명을 덧붙였다. 그게 궁금하여 이 잡지 편집장이었던 손세일 선생에게 문의하니, 그럴 수 있을 정황이 상정되긴 하지만, 우리 경우 '동서의 냉전' 상태라기보다는 6·25 휴전의 '무력 대치' 상태였기에 굳이 '사상적 장벽'을 겹으로 세워야 할 정도였는지 그 실상은 모르겠다고 했다. 모든 데서 가난했던 우리나라는 한글학회의 『우리말 큰사전』을 비롯해 각급 학교 교과서들의 출판에 외국의 기관이나 재단의 원조를 받아야 했다. 그리고 문제의 '세계문화자유회의 한국 지부'가 있었던 것도 분명하다. 1967년 가을 불문학자 김붕구 교수가 '작가의 현실참여'에 대한 글을 발표한 모임의 주최가 그 한국 지부였고 나는 기자로 그 발표를 요약 보도한 데 이어 이호철, 김현 등을 동원하여 순수/참여 논쟁을 유도했기에 그 독특한 이름을 기억하고 있었다. 그런데 정작 이즈음의 구미 지식사회에서는 이 조직이 해체되고 있었다. 그해 봄 『램파츠』가 CIA의 비밀첩보 활동을 기사화하면서 세계문화자유회의에 자금을 대 '지식계의 NATO'를 만들었다고 폭로했고 이어 『뉴욕타임스』가 '스티븐 스펜더, 『인카운터』 편집장 사임'을 1면에 보도하면서 이 단체와 그 잡지는 결국 슬그머니 사라지고 만 것이다.

『문화적 냉전』은 '화이트리스트'로 꼽을 세계문화자유회의의 전말에 이어 매카시즘 광풍으로 '동서 이데올로기 냉전'의 뒷이야기를 잇는다. 2차 세계대전 후의 미국은 서구로 세력을 확장하며 원폭 제조에 성공한 소련과 공산주의를 새로운 공포 대상으로 여겼다. 그런 가운데 상원의원 매카시가 1950년 2월의 한 연설에서 종잇장 하나를 흔들며 "여기 국무부에서 활동하는 빨갱이 205명의 명단이 있다"고 협박했다. 그 살벌한 분위기는 한국전쟁의 발발로 더욱 기승했고 그가 발의한 법은 관계, 학계, 예술계 전반을 살벌한 공포 분위기로 싸안았다. "논리적인 이론이나 근거 없이 정적을 비난하거나 공산주의자로 몰아 탄압하는"(강준만, 『미국사 산책 7』) 이 악법은 한국전과 동서 냉전의 바람을 타고 더욱 극성스러워져 각계의 친공 리스트로 회오리바람을 일으켜 채플린, 피카소의 예술계와 아인슈타인, 오펜하이머, 폴링 등 저명 과학자들에게 마구 혐의를 씌웠다.

그러나 매카시가 흔든 종잇장은 FBI의 단순한 안보 관련 체크 리스트에 불과했고 그가 빨갱이로 몬 육군 장성 때문에 열린 청문회에서 그의 허세와 거짓이 여지없이 밝혀지면서 매카시법의 공산주의자 검거 선풍이 얼마나 황당한 일이었는지 만천하에 폭로되었다. 그 법으로 기소된 주요 인사들 중 유죄 판결자가 한 명도 없었던 그 희비극의 광풍에 대한 대통령 아이젠하워의 말은 권력과 예술의 관계에 정곡을 찌르고 있다: "예술가들이 자유를 통해 높은 개인적 성취를 이루는 한, 우리의 예술가들이 진정성과 자신감을 가지고 창작의 자유를 누리는 한, 건강한 진보가 이루어지며 건강한 논의들이 개진될 것입니다. 예술가가 정권의 도구이자 노예가 될 때 그리고 예술가가 정치적 대의를 선전하는 선봉에 설 때 진보는 발목을 잡히고 그 창의성과 천재성은 파괴되고 맙니다."

매카시는 청문회에서 참담하게 패배하고 웃음거리가 된 후 알코올 중독으로 49세에 죽었다. 거대한 자유민주주의의 미국도 이 매카시즘 때문에 공산권에 대한 정보와 연구가 위축되어 스탈린 사후 소련의 내부 진단에 어두웠고 스푸트니크 발사도 예상하지 못했다. 우리의 1970년대 유신 시절, 운동권 명단에 얹힌 숱한 젊은이들이 당했던 도피와 수배, 고문과 투옥의 고통은 오늘날에도 속 쓰린 트라우마가 되고 있다. 유진룡 전 문체부장관은 권력이 다시 블랙리스트를 만들어 문화 예술계와 지식사회를 조작하게 되면 우리의 자유민주주의는 30년 전으로 되돌아갈 것으로 비판했다. 물론 블랙리스트 통치는 사상의 자유와 다양성을 억제하며 박근혜 정부가 내세운 '창조경제' '문화융성'을 뒤집어 허물며 유신 시대, 나아가 '빅브라더'의 전체주의를 부를 것이다. 이야말로 우리 헌정 체제를 무너뜨릴 일이다. 〔2017. 2. 17.〕

'인간의 얼굴'을 한 거버넌스

"대통령 박근혜를 파면한다"는, 조용하고 단정하지만 더없이 단호한 이 선고는 내 평생 들어본 말 중에 가장 삼엄했다. 3주 후, '아니다' '모른다'는 말끝에 올림머리를 풀어내리고 구치소로 들어가는 그 모습 역시 내가 보아온 숱한 장면 중 가장 생소한 모습이었다. 나는 『심판』에서 내려진 선고로 하루아침에 『변신』에 이른 카프카 세계를 헤매고 있는 듯했다. 그러나 현실은 문학적 비유가 아니었고, 무지의 선의는 교활한 악의보다 위험할 수 있다는 볼테르적 냉소의 세계였다. 그 삼엄과 냉소 사이에서 그럼에도 나는 비관한 것이 아니라 "'박의 시대' 침몰, 이제 새 시대로 출항"(『한겨레』, 4월 1일 자 1면 표제)의 희망을 읽었고 "역사를 잊은 민족에게 미래는 없습니다"라는 서울 시청의 현판 사진에서 "대한민국의 주권은 국민에게 있고 모든 권력은 국민으로부터 나온다"는 헌법 제1조를 다시 떠올렸다. 주변 강대국들의 겁박과 국가 권력 중심의 공백으로 어느 때보다 심각한 위기가 감돌고 있음에도 불구하고, 나의 기대는 아렌트식으로 '민주주의의 일상화'라는 보다 높고 성숙한 실천적 단계로 발전하고 있다는 희망의 '골든 타임'으로 고양되고 있었다.

흔히 동의하듯 우리나라는 경제, 문화, 사회의 발전을 이루었고 그럼으로써 우리 삶의 형태는 선진화되고 있음에도 정치만은 여전히 후진적이었다. 바로 그 후진성을 스스로 서슴없이 보여줌으로써 거꾸로 그것의 선진화를 드러낸 일련의 탄핵 과정을 통해 우리도 정치적 낙후를 벗어나고 있음을 예감한다. 강력한 군대식 교도 민주주의를 드디어 탈피하고 정당한 절차적 민주주의의 새로운 차원으로 오르기 위한 진통을 우리는 충분히 감당해낼 수 있으리라는 신뢰감도 더불어 일고 있다. 이 사태는 박정희 시대의 종언이며 두 세대에 걸친 그의 근대화 프레임의 지양을 의미한다고 믿으면서, 때마침 진행되는 대통령 선거로 내 희망은 옮겨간다. 그 희망이 당장 이루어지리라는 바람은 지나치게 성급한 일이겠지만, 그럼에도 역대의 대통령들이 부닥쳤던 자기 파탄의 결말에서 벗어나 헌법과 그 정신들이 진정한 시민들의 권리로 정착할 가능성이 든든하게 살아나고 있음을 믿고 싶다.

박정희가 쿠데타로 획득한 권력의 정당화를 위해 근대화를 추구하고 경제 발전에 성공한 것은 오늘의 우리를 위해 매우 다행한 패러독스였다. 그가 장기 집권만을 추구했다면 빈민정책을 써야 했지만 그는 부민정책을 추구함으로써 경제 성장의 성취와 더불어 민주주의의 자질을 지닌 중산층을 형성했다. 그 결과가 수출 드라이브를 추진함으로써 양적 성장을 추구하여 경제적 근대화가 진행되는 가운데, 폐쇄적이고 억압적인 권력의 독재화 의지와 시민들의 자유민주주의를 향한 열망이 맞서면서 우리는 정치적 성숙을 유예한 불구적인 근대화를 경험했다. 4·19의 자유주의와 5·16의 군사독재라는 이 '이인삼각'의 모순적인 프레임은 강압적인 유신 체제와 학생 지식사회의 반항이 힘 겨루기를 하며, 근대로 진입하기 위해 진전과 퇴행을 동시에 감수해야 하는 모순적 길항으로 점철되었다. 이 통치 방식은 역동적인 사회문화적 변화를 겪으면서도 그의 딸에게 변형, 전수되었고 그

것이 또 부메랑이 되어 헌정사상 처음으로 탄핵이란 참담한 사태를 낳았다.

그 아버지는 권력 탈취 후 장기 집권을 위한 개헌, 헌법 정신을 짓밟는 유신, 법 위에 군림한 긴급조치의 발동으로 권력과 정책을 자행했고 그 비판 세력들을 '척결'했다. 그에게 존중해야 할 것은 자신의 지시뿐이었고 그것을 사반세기가 넘도록 체제화한 '유신'의 그 유령은 그의 사후에도 출몰했다. 군부 정권에 전수된 그 통제정치의 유산은 90년대 이후의 여러 문민정부들이 시기마다 다른 방식으로 지우고 수정하는 데 각별한 노력을 기울여야 했고 드디어 정치적 민주주의를 시민사회 속에 정착시키는 데 상당한 진전을 보았다. 그러나 민주주의의 내면화, 생활화에 미처 이르기 전에 그의 딸은 오히려 전 시대로 회귀하여 자유 민주주의의 정치와 통치의 공적 장치를 '질서 밖으로(out of order)' 밀쳐 고장 내고 '체제 밖으로(out of system)' 쫓아내, 공과 사의 구별 없이 권력을 행사함으로써 권력의 중심 해체(out of being)로 역행했다. 대통령이란 직책에 대한 그녀의 착오는 결국 그 아버지가 무력화시켰던 법의 심판을 통해 탄핵과 파면을 당해야 했다. 이 경이로운 반전은 문자로 표현된 문민의 법이 총칼로 무장한 권력보다 더 존중받는 시민민주주의에서 나온 것이고 광장의 민주주의가 꽃피운 촛불 시위의 부드러운 힘을 통해 발휘되었다. 이 과정을 우리는 또 하나의 '명예혁명'으로 자부해도 좋으리라.

유신 정권이 저지른 가장 큰 잘못의 하나는 사상과 인물의 배제 정책이었다. 전 시대의 박 정권은 자신의 권력 행사와 유지를 위해 비판자와 그들의 발언을 '일부 불순분자'의 것으로 규정하여 분리하고 거친 반공주의로 다양한 자유정신들을 구속했다. 많은 지식인과 숱한 노동자가 그 논리에 갇혀 진보와 혼동한 '좌파'로 축출당했고 정치적 이의와 저항은 흑백논리로 통제되었다. 그의 딸 역시 문고리 인사들을 선택하여 공적 정책들을 수렴(垂簾) 안으로 숨기고 비판자들을 '블랙리스트'로 제외하며 '나쁜 사람'이란 '아기말'로 찍어냈다. 그들은 비슷한 심술로 민주주의의 다양한 정신과 자유로운 표현을 억제했고 '내 편'의 인연으로 파당 인사를 했다. 이 분할-통치의 배제 정책은 경제적·지역적·이념적·세대적·직능적 갈등들과 얽혀 우리 앞날에 부정적 유산으로 작용할 것이다. '촛불' 민주주의는 그 적폐에 대한 시민의 평화적 저항이고 정치적 성숙을 향한 지적 염원이었다.

식민통치와 6·25 전후의 혼란을 극복하기 위한 1960년대 각성의 시기가 품었던 인식 구조를 극복하기 위해 내가 바라는 것은 우리의 미래 지향을 질적 행복의 경제학으로 전환하는 것이다. 오늘의 우리 사회가 가장 괴로워하는 불평등의 문제들, 못 가진 자의 슬픔, 강제당하는 을의 억울, '헬 조선'으로 탄식하는 젊은이들의 자멸감, 5포 세대의 절망은 두 세대에 걸친 개발경제의 양적 성장주의에서 비롯된 것이다. 그러나 삶과 기회의 공평성에 소홀하며 행복의 정책을 외면하는 한, 물적 발전도, 민주주의의 일상화도, '대한민국!' 국민으로서의 자부심도 무의미하다. 그것은 이제 박정희식 근대화의 성장 프레임이 시효를 다하고 전 시대적 발전 이데올로기를 새로운 패러다임으로 전환하지 않으면 안 된다는 것을 뜻한다. 이제 '성장을 위한 성장'을 '행복을 향한 선택'으로 바꾸어 경제 발전의 진의를 성찰하며 사회적 복지 추구권과 삶의 문화적 향수권 등 평등의 실제를 추구할 것을 요청하는 것이다. 우리는 물질적 비만 못지않게 즐겁고 의미 있는 삶의 겸손을 바라는 존재인 것이다.

나는 유소년 시절에 말로만 배운 민주주의가 전쟁과 쿠데타, 유신과 억압 속에서도 한 발짝 한 발짝 걸어 실현되던, 힘들지만 뜨겁고 집요한 우리 역사의 의지를 보아왔다. 1960년의 4 · 19 총성과 80년대의 최루탄을 거쳐 2010년대의 촛불 축제 속에서 이제 새로운 희망으로 민주주의적 정치 선진화와 평등주의적 경제 발전의 미래를 기대하기에 이르렀다. 나는 지금 '인간의 얼굴을 한' 거버넌스로 행복의 정치경제학을 약속하는 인물에게 내 귀중한 한 표를 드릴 참이다.

〔2017. 4. 14.〕

『무정』 100년

묵은 것들 정리 중 툭 떨어진 것이 오래전의 기사 뭉치였고 펼쳐본 그 첫 스크랩 제목이 '『무정』 이후 소설 문학 50년' 이었다. 아항, 이런 기사를 쓴 적 있었지, 기억이 떠오르면서 납활자로 인쇄된 그 작은 글자들을 새삼 다시 읽었다. "춘원 이광수의 『무정』이 매일신보에 발표된 것이 1917년. 올 1967년으로 꼭 50년이 되었다." 이 스크랩은 그해 7월 29일 자 『동아일보』로 적혀 있었다. "춘원 문학에서 최초의 장편인 『무정』은 곧 신소설과 구별되는 우리 현대문학의 최초의 소설. 따라서 한국 소설 문학은 꼭 반세기의 나이를 먹었다." 이렇게 특집으로 기획된 『무정』 50년 기념 기사에서

앙케트를 받은 41명의 문학인들은 문제작 10편으로 『날개』 『무녀도』 『무정』 『메밀꽃 필 무렵』 『감자』 『비 오는 날』 『삼대』 『북간도』 『광장』 『동백꽃』 『서울 1964년 겨울』(10위가 동점)을 꼽았고 작가로는 이광수, 김동인, 김동리, 염상섭, 이상, 황순원, 이효석, 손창섭, 최인훈, 안수길을 올렸다.

이광수의 『무정』에서 시작한 한국 현대문학 1세기를 맞는 올해, 그런데 그에 대한 의미 있는 행사나 회고, 비평과 토론이 없다는, 상당히 쓸쓸한 소감을 가지며 이 목록들을 되짚어보았다. 단편(집)이 6편으로 장편소설의 취약성이 돋보였고 해방 이후 20년 동안 등단한 작가는 단둘이었다. 같은 방식으로 조사하더라도 이제라면 엄청 다른 결과가 나오리라. 50년 전의 작품과 작가 명단에는 당시의 반공주의로 좌파 문학과 월북 작가들이 제외되어야 했고 친일 행위에 대한 작가 비판은 대체로 온건했다. 그러나 그로부터 50년이 흐른 이제라면 훌륭한 작가들이 숱하게 배출되었고 그들의 뛰어난 창작과 그에 대한 연구, 독자들의 수용, 문화 전반의 향상과 국제화 경향으로 그 선호와 평가도 상당히 바뀔 것이다. 이 특집에 이어 서른 안팎의 젊은 비평가 5명이 '한국소설문학 50주년 기념평론'을 연재했고 그 시리즈의 마지막이

리얼리즘을 제창하는 백낙청의 글이었다는 것이 기억된다. 이듬해 1968년 최남선의 「해(海)에게서 소년에게」의 신시 60주년을 기하여 문학, 미술, 음악 등 예술 전반의 '근대문화 60주년' 기념 행사와 세미나가 활발하게 전개되었다. 그것은 한말과 주권 상실기에 일기 시작한 우리 근대 문화와 예술에 대한 폭넓은 회고와 성찰, 평가와 축하의 진지한 작업이었다.

『무정』과 이광수에 대한 내 사사로운 회상을 좀 더 계속하고 싶다. 60년대 후반 박정희 시대에 제기된 근대화 작업에 따라 근대란 무엇인가, 그 방향은 서구적 근대성인가 우리 나름의 독자적인 근대화인가, 그것들을 어떻게 모색할 것인가의 잇단 논의가 요구되었고 그런 가운데 그 길목에 선 이광수에 대한 재평가도 진행되었다. 이때의 이광수는 근대문학의 창시자 혹은 한국 문학의 최고 문호라는 관행적 평가가 흐려지기 시작했다. 이미 임종국은 친일문학의 대표로 그를 혹독하게 비판한 바 있었고 송욱과 김붕구, 정명환과 이상섭, 김윤식과 김현의 비평들은 이광수와 『무정』에 다각적인 시선으로 접근했다. 그것은 이광수의 내면과 정신의 취약성에 대한 비판에서부터 『무정』의 소설 구조가 보인 약점 분석에 이르기까지 광범했다. 나는 『문단 반세기』(1973)를 연재하면서 예외적으로 이광수에 대해서만 2회를 들여 그의 '변절 행위'와 '훼절의 여운'을 다루었다. 45년 전의 나는 이광수의 작품 비판보다 그의 친일 행위를 더욱 혹독하게 비난했는데, 이는 유신 시대 지식인들의 '곡학아세' 경향에 대한 우려와 내 반감이 그만큼 컸기 때문이었을 것이다.

이 기사를 본 이광수의 딸 이정화 씨가 미국에서 긴 편지를 보내 자상한 자기 아버지가 생전에 보여준 애국심을 회상하면서 내 가혹한 비판에 항의했다. 나는 그녀에게 해명의 답장을 썼고 그녀가 잠시 귀국했을 때 만나 다시 이야기를 나누었다. 나는 "만지면 만질수록 덧나는"(김현) 춘원의 존재와 그 상황에 대해 동정하지만 그의 변절은 분명한 사실이고 그에 대한 평가가 가혹해야 했던 것은 '민족의 사표'로 존경받는 분의 훼절에 대한 실망이 그만큼 심각했기 때문이라고 말했을 것이다. 박정희 시대의 탄압을 관련시켜 당시의 지식인과 문인들에 대한 안타까움을 전하는 내 말에 그녀는 순순히 이해하는 태도였다. 그녀와의 이런 교감은 그해 가을에 쓴 내 에세이 『작가와 상황』에서 문학인과 지식인들이 당대의 억압에 어떻게 대응해야 할 것인가에 대한 고민으로

술회되었다.

이광수의 훼절에 대해서는 심각했지만 나는 그의 문학에 호의적이고 특히 『무정』이 품은 의미를 평가하며 김철 교수의 『무정』 텍스트 비평에 대한 수고에 경의를 보낸다. 김철은 일본의 대학도서관에 묻혀 있는 회동서관판 『무정』(1925)을 보고 충격을 받고 서지비평을 통해 그 원전 복원에 진력한다. 그는 대학원생들과 이 소설이 처음 발표된 『매일신문』의 연재작을 저본으로 1995년의 동아출판사본까지 중요한 판본들을 비교 검토하면서 원본 확정에 노력했다. 그것이 760쪽의 큰 책 『바로잡은 무정』(2003)이다. 김 교수는 1917년의 연재본과 그 이후 시기와 출판사를 달리한 8개의 판본을 대조하고 변화와 변조(오류까지)의 힘든 비정(批正) 작업을 감당하며 그동안 우리 문학사 첫 장편소설의 어휘와 철자, 띄어쓰기 등의 변천 과정을 말끔하게 보여준다. 그것은 『무정』 출판의 역사이자 우리말의 어휘, 표기, 문체 등 문자생활과 그 문화의 역사로 확장되어 한 세기 동안 우리 말과 글이 얼마나 바뀌었는지 그 변화의 궤적을 한눈으로 보게 한다.

여기서 나는 '『무정』 100년'의 기념을 위해(혹은 대신하여)

오래전부터 품은 내 희망을 밝히고 싶다. 한말 즈음부터 식민시대를 거쳐 오늘에 이르는 동안, 사회학자 송호근의 소설 『강화도』에서 이르는 바 '화이(華夷) 체제'의 해체와 더불어 동아시아권의 문자문화도 한자에서 탈피하여 각각의 표현 체제로 변모하기 시작한다. 일본은 한자와 가타가나-히라가나를 병용하고 몽고는 키릴 문자로 바뀌었으며 베트남은 한자의 4성을 병기한 알파벳을 사용하고 중국 스스로도 백화문자로 변혁하면서 간자체로 간소화했다. 북한은 해방과 동시에 한글 전용을 선택했고 우리나라도 강제된 일어 사용에서 해방 후 한글-한자 혼용으로 바뀌고 이어 한 세대 전 한글 전용과 가로쓰기로 옮겨지기 시작했다. 문자와 그 표기법, 문체와 표현, 기표와 기의의 일치(/불일치) 들이 품은 변화는 문화와 그 정신, 그리고 정치 사회의 의식 변화도 내장하고 있어 한자문화권의 해체 과정에 대한 비교 보고는 곧 나라마다의 근대화 과정을 겪는 민족사적 내면을 드러낼 것이다. 나는 관련국들의 보고를 통해 동아시아 국가들의 근대화 과정에서 다른 양상으로 전개된 정치문화사를 대조해보고 싶은 것이다.

더불어 나는 '『무정』 100년' 곧 한국 문학 100년에 대한 기념과 성찰을 통해 우리 신문화의 진전 과정들을 새로운 눈으로 바라보기를 바란다. 친일과 좌경의 부정적 자의식을 넘어 자기 긍정의 자신감으로 반성하며 콤플렉스 없는 새로운 세대의 신선한 시선으로 분석하고 자유롭고 열린 정신으로 평가하며 그 의미를 찾을 때 우리 문학과 문화도 그만큼 높고 넓어지며 의미 있고 풍요해질 것이다. 오늘의 우리 자신의 존재감을 향한 자부심도 든든해지리라. 〔2017. 6. 9.〕

'지성과 반지성' 재론

하릴없이 들어간 예스24의 서핑 첫 목에서 번쩍 띄는 제목이 나왔다. 『미국의 반지성주의』, 바란 대로 저자는 리처드 호프스태터. 아, 이 책! 나는 곧바로 주문했고 받자마자 읽기 시작했다. 아니, 그 책으로 들어가기 전, 1971년 『문학과 지성』 봄호에 게재한 나의 『지성과 반지성』을 먼저 펼쳤다. 그리고 1970년대로 들면서 박정희 대통령이 장기 독재 권력을 위해 유신체제를 구축해가는 장면을 회상하며 46년 전 내가 할 수 있었던 시국 비판의 글을 읽었다. 그 글을 쓸 때 큰 도움을 준 책이 이번에 역간된 호프스태터의 『미국의 반지성주의』였다. 아마 외지의 서평란에서 보고 재미 시인 마종기에게 부탁해 받았을 그 책에서 나는 내가 발언해야 할 개념을 발견했고 여기서 '지식인intelligent'과 '지성인intellectual'을 구별하며 교수, 언론인, 작가 등 이른바 지식인으로서 권력에 유인당해 들어가는 작태를 힐난했다.

그 뜨거웠던 젊은 시절을 회상하며, 내 30대 초의 글이 이 책을 많이 흉내냈다는 사실에 부끄러움 없이 미소 지으며 읽는 『미국의 반지성주의』는 미국 역사학자 호프스태터가 1963년에 상자하여 퓰리처상을 수상한 명저로 미국 역사에서 반지성주의의 맥락을 면밀하게 짚어내 매카시즘의 후유증을 앓던 미국 지식사회에 경종을 울려준 명저였다. 그는 지식인을 "아주 좁고 직접적이며 예측 가능한 범위 안에서 적용되는 두뇌의 우수함"으로, 지성인을 "두뇌의 비판적이고 창조적이고 사색적인 측면"으로, 요컨대 지식인은 질문에 해답을 주는 사람이고 지성인은 그 해답을 질문으로 바꾸는 사람으로 구별한다. "원칙적으로 지성은 실용적이지도, 비실용적이지도 않다. 말하자면 초실용적이다." 호프스태터는 범용성을, 그래서 대중성을 주축으로 한 미국인의 삶에서 종교적 복음주의와 신대륙의 개척으로 형성된 마초 같은 '야성주의'(번역서는 '원시주의'로 옮겼다)가 뿌리를 이룬 반지성주의가 자본주의 기업의 실용주의에 힘입어 더욱 강화되었다고 보고 있다.

이 설명을 다시 보며 그렇다면 오늘의 우리 반지성주의는 어떻게 설명될 수 있을까 생각하지 않을 수 없었다. 내 탐색은 호프스태터와 비슷한 세 줄기로 갈라졌다. 신학자 유동식 교수와 철학자 최정호 선생이 지적하듯이 어떤 종교든 한국에 들어오면 샤머니즘화하여 기복 신앙으로 타락하는 현상이 그 먼저다. 죽어서 천당이나 극락에 가리라는 소망으로부터, 목사 소설가인 백도기의 소설에 나오듯 장로가 공장을 세우고 굿과 다름없는 예배를 보는 일까지 오늘의 종교계 일상에 깊이 배인 기복 심리의 바닥에 지성이 활동할 수 없는 것은 당연하다. 다음은 이념적 도식성이다. 한국전쟁과 분단이 심어준 정신적 경직성인데, 반정부적이란 이유로 이웃 아주머니에게서 '빨갱이'로 지목된 적이 있던 내게 오늘의 반지성적 풍토를 주도하는 것이 이 도식적 이념주의가 아닐까 싶다. 그러니까 환경, 빈부 격차, 실업 등 어떤 이유로라도 진보적이거나 비판적이면 좌파이고 그래서 용공주의자이며 따라서 빨갱이가 되고 주사파-친북파가 틀림없다는 유보 없는 심판이 내려진다. 지난 선거에도 상대 후보가 공공연히 이 논리로 다른 후보를 종북파로 몰아 공격하는 것을 보고 유신체제가 붕괴된 지 한 세대를 훌쩍 넘었는데도 이데올로기적 경직성의 여전한 기세에 어이없어했다. 세 번째로 들고 싶은 것이 세속주의랄지 출세주의랄지 속류자본주의랄지, 그 모두를 합한, 호프스태터가 말한 실용주의적 현실주의다. "부자 되세요"란 인사로부터 학벌, 문벌, 지연에서 시작되는 이 현실기회주의는 우리 선비문화에서는 볼 수 없던 오늘의 우리 행태와 심리 구조에 음습한 중심을 이루고 있다. 그것은 미국인의 실용주의와 차원을 달리하는 천박한 세속주의일 뿐이다.

소외감의 상실을 안타까워하는 호프스태터가 "사회로부터 점차 인정받고 편입되고 활용됨에 따라 그저 체제에 순응하는 존재가 되어 창의성과 비판정신을 지닌 참으로 유용한 인간은 사라져간다"며 한탄하는 데 공감하면서, 그러나 우리나라는 아직 절망할 때는 아니라는 희망을 캐어내고 싶었다. 마침 그럴 의도 없이 잇달아 읽은 세 권의 자서전과 평전이 내 희망을 일구고 있었다. 박근원의 『여해 강원용 목사 평전』, 황석영의 두 권짜리 자서전 『수인』, 『문재인의 운명』이 저기압의 내 심정을 돋구어준 반지성에 저항하는 생애였다.

강원용 목사는 개인적으로 뵙기도 하고 그분의 행사에 참여한 바도 있는데, 나는 그의 크리스찬 아카데미를 중심으로 한 대화 운동에 깊이 공감해왔다. 나약한 크리스찬 기질을 강자의 기독교로 반전시킨 강 목사는 천국이나 부활을 말하는 대신 "절대 선이나 절대 악, 그리고 극단적인 이분법"을 극복하는 "종교 간의 심층적 이해와 종교의 사회적 역할"을 강조했다. 교회의 세습까지 노리는 오늘의 목회자 몰골 속에서 그래도 우리 사회의 양심이 격려받을 수 있었던 것은 강 목사의 이 같은 비판적 종교 운동 때문이었다. 소설가 황석영은 그의 초기 작가 시절부터 알아왔고 그의 대작 『장길산』에 대해 감탄하는 글을 쓴 적도 있지만 그의 속내와 최근의 일들을 알게 된 것은 회고록 『수인』 덕분이었다. 그는 제도 교육을 벗어났고 『삼포가는 길』 『객지』의 주인공들처럼 공사판을 떠돌며 뜨내기 생활로 정상적인 삶의 테두리를 벗어나 당당히 아웃사이더의 길을 밟는다. 그래서 문득 평양에서 김일성과 만나고 독일과 미국을 떠돌며 국제적 지식인들과 교제하고 현장의 문화운동가들과 작업하고 5·18민주화운동에 뛰어들었으며 오랫동안 감옥살이도 했다. 그는 자신이 식사와 글쓰기만 빼고 일상적으로는 '왼손잡이'라고 고백하는데 그 때문에 "오른손잡이를 위한 물건들과의 불화를 통해서 세상과 사물을 다르게 보는 방식을 가지게" 되었고 그럼으로써 "나는 쫓겨난 자가 아니라 거부하고 스스로 나온 자"의 삶과 정신을 살 수 있었다고 고백한다. 내가 본 한 편의 회고록에서 가장 많은 실명인사와의 관계를 보면서 여기서 왜곡된 세계와 그 안에 갇힌 상투적 삶에 대한 비판적 인식이 열리고 권력에 저항하는 인물의 창조가 가능했으리라고 생각되었다. 내가 개인적으로나 글로나 전혀 모르면서 느낀 호감의 실속을 채우기 위해 읽은 『문재인의 운명』에서 우선 다른 정치인 경제인들과 달리 허세 없이 "가난이 내게 준 선물로 자립심과 독립심을 키워온" 그의 그리 특별할 수 없는 생애의 정직이 고마웠다. 무엇보다 인권과 노무현과의 관계에서 '운명'을 자각하는 것이 아름다웠다. 그 운명은 한스러움에서 빚어진 체념이 아니라 "통렬한 반성과 깊은 성찰"에서 우러난 각성에서 지적 행동을 추스르는 '사명의 선택'이리라.

세계란 그리고 삶이란 지적 성찰을 무디게, 혹은 버리게 만드는 구조이며 인간은 반지성의 공고한 틀에 갇힌 존재다. 그럼에도 가끔은 소외 속에서 질문하고 사유하며 의미를 캐고 진정성을 추구한다. 나는 그 진정성이 고양된 아름다운 촛불 행진을 보았고 거기서 한 세대 전의 역사로부터 우리야말로 '지성의 삶'을 추구해왔다는 축복을 발견했다. 내 젊음을 괴롭히던 '반지성의 세태'에 대한 가냘픈 항의에서 이제 당당하게 '행동하는 지성'을 감축할 수 있게 된 기쁨! 얼마나 오랠지, 너무 낙관적인 건 아닐지 저어하면서, 적어도 지금은, 그 축하를 즐기고 싶다. 〔2017. 8. 4.〕

"몸은 땅에, 영혼은 노을에"

지난 무더위를 나는 조선희가 소설로 재현한, 나보다 한 세대 위의 『세 여자』와 지냈다. 작가는 러시아의 카레이스키 무용가 비비안나가 방한하며 보여준 사진에서 물놀이를 하는 천진한 세 처녀를 발견하고 그들의 생애를 추적해서 주세죽, 허정숙, 고명자를 불러냈다. '20세기의 봄'이란 부제의 시대와 그 발랄한 여인들의 연배가 봄처녀다운 것도 맞지만, 그들의 생애는 결코 봄이 아니었고 그처럼 결코 순진할 수 없는 상황에서 제각각의 '인생 유전'을 살아야 했던 기구한 운명이 분명했다. 그들은 모두 당대 유행의 '주의자'로서 임원근, 박헌영, 김단야 등 역시 공산당원과 결혼하여 독립과 혁명의 운동에 동참했다.

소설의 시작은 상해였지만 그들의 삶은 한반도와 상해, 연안의 중국, 동경과 미국, 모스크바와 알마티로 뻗쳤고, 선택 혹은 추방이나 탈출로 식민지 백성다운 디아스포라의 길을 헤맸다. 그들은 남편들과도 도피행각으로 헤어지거나 기약할 수 없는 이산으로 흩어졌고 남편 친구와 재혼하며 동지적 관계를 유지한다. 그러나 양차 대전의 간전기(間戰期)는 세계 역사에서도 이념과 사상에서 가장 착잡하고 어지러운 시대였고 더구나 그들의 활동 무대인 중국은 국공 대결과 일본 침략으로 내전에 이른 전쟁터였으며 공산당원은 연안으로 장정의 지친 걸음을 옮겨야 했다. "이제 남은 것은 아무것도 없었다. 조국 해방을 한 뼘 당길 수 있다면 기꺼이 한 알의 밀알이 되리라는 인생관으로 살아온 세죽에게 1937년은 기독교적 또는 유물론적 가치관의 회의와 환멸에 처박히는 해였을 것이다."

물장구를 치며 놀던 사진 속의 세 여인은 이후의 운명에서 제각각의 스산스러운 길로 갈라지게 된다. 모스크바 동방노력자 공산대학에서 공부한 고명자는 일제 말기에 귀국해서 친일잡지 기자로 부역을 하고 김단야와 재혼한 주세죽은 간

첩 누명을 쓰고 딸 비비안나를 모스크바 유아원에 남겨둔 채 카자흐스탄으로 유배되며 허정숙은 모스크바와 뉴욕에 유학을 다녀오고 무한에서 중국공산당에 합류, 마오쩌둥의 대장정에 동행하여 태항산에서 종전을 맞는다. 세 유랑녀들은 끝내 서로 어긋난 결말에 이른다. 강경 거부의 딸 고명자는 서울에서 6·25를 맞아 사역에 동원되며 굶주림과 병으로 더 없이 쇠약해져 "공기가 무거워 숨쉬기조차 힘들" 정도의 사경 끝에 "마흔여섯 해를 머물던 한 영혼이 떠났음을 아는 사람은 아무도 없었"던 상태로 고독하게 종생한다. 무용수가 된 딸을 보러 모스크바에 간 주세죽은 그녀를 맞는 사위에게 "입술을 들어올리기조차 힘든" 목소리로 "너무 피곤하구나. 비비안나에게 고맙다고 전해주게"란 유언을 남기고 숨을 거둔다. "전쟁터와 감옥에서 비명횡사하거나 국경을 넘다 객사해 마땅한 험난한 시대에 침대 위에서 자연사를 누리게 되어 감사해하고 있었을까. 그녀는 거친 호흡을 몰아쉬더니 마침내 고요해졌다."

허정숙은 아주 다행한 마지막을 맞는다. 임원근 이후 송봉우, 최창익 등 여러 남편을 거쳤지만 팔로군으로 연안에서 활동했고 해방으로 귀국한 후 남로당과 연안파를 숙청한 김일성 치하에서도 문화선전상과 최고재판소장 등의 권세를 누리다 아흔 살로 장서했고 평양 애국열사릉에 묻혔다. 그녀야말로 "자신의 남자를 스스로 캐스팅했고 때로 비운이 감돌긴 했지만 끝까지 활기찬 인생을 살았다." 5개 국어를 하는 당대 최고 인텔리인 허정숙도 그러나 삶의 비감에서 예외는 아니었다. "50년 인생인데 한 5백 년은 산 것 같구나. 인생이 너무 길구나" 하고 한탄하며 행군 중에 숨진 두 병정의 주검을 이름 없는 산골짜기에 묻고서 "몸이 땅에 묻히면 영혼은 노을에 묻히는가"라고 탄식한다.

나를 전율시킨 허정숙의 이 탄식은 아마 작가 조선희의 말일 것이다. 그녀는 비비안나가 한국에 왔을 때 보여준 세 처녀의 물놀이 사진에서 영감이 떠올라 '세 여인'의 생애를 추적하며 문학적 상상력으로 20여 년 동안 숙성시켜 육화된 인물로 그 여자들의 운명을 재현했으리라. 그 운명들을 개인의 선택이라기보다 그들이 속해야 했던 시대의 아픔으로 바라본다. 주세죽이 남편 박헌영이 죽은 줄 알고 김단야와 재혼했다고 고백하자 박헌영은 이런 말로 아내를 용서한다: "우리가 살아온 시대는 개인의 이성과 판단을 넘어서 있소. 용서한다면 시대를 용서해야겠지." 세 여인은 개인을, 그 개인들의 선택을 결코 허용하지 않는 시대에 구속되어 식민 통치와 현대사의 억압과 고통 속에서 시달려 시들고 만 '희생화(犧牲花)'였다.

조선희의 안타까운 민족 서사 『세 여자』에 달아 읽은 것이 장준환의 『변호사들』이었다. 허정숙의 아버지로, 딸의 도전적인 삶을 지원해준 변호사 허헌의 생애가 궁금해서 찾은 그 책의 낯선 저자는 19세에 이주하여 뉴욕에서 활동하는 재미 변호사로 소개되고 있다. 그 책은 한국 정치사와 법조계의 현실에 소상했고 저자는 내 가장 가까운 친구였던 고 황인철 변호사와 평소 존경해온 한승헌 선생을 포함한 11명의 변호사들의 의로운 저항적 활동을 묘사하고 있었다. 민권 변호사로서의 그들의 헌신은 대충 짐작하고 있었지만, 저자는 당시의 사법계와 정계, 사찰기관의 실제를 파헤침으로써 당시 법조계와 권력의 타락과 그에 항의하는 율사들의 민권과 민주주의를 향한 열정과 그 때문에 당해야 했던 수난들을 아프게 추적한다. 시위 학생들, 고문으로 간첩이 된 사람들에 대한 폭압과 그들의 인권을 방어하려는 변호인들의 고투는 식민지 시대의 민족변호사들에 결코 못지않은 것이었다.

민족-민권 변호사들이 식민-독재 권력들에게 대항하며

대체로 무료 변론을 해온 율사들의 정신과 투쟁은 저자가 그들에게 붙인 제목들로 압축된다: "항소는 목숨을 구걸하는 것이다"라며 사형을 선택한 안중근 의사의 변호인 안병찬, "만인 가운데 하나를 만나기도 어려운" 그래서 이승만 독재에 맞섰던 김병로, "법복을 입은 독립투사"로 항일 지사들의 변론을 가장 많이 맡은 이인, "대한민국에서 부를 수 없었던 불온한 이름"이지만 신간회 운동 등을 주도한 허헌, "법은 올바른 입법자와 운용자를 만날 때 비로소 진가가 발휘되는 운"이라며 박정희 독재에 맞선 이병린, "지혜의 소금, 양심의 소금, 용기의 소금"으로 인권 변호를 주도한 이돈명, "대한민국 절반의 희망이 된 여성 변호사"로서 여권 신장에 앞장선 이태영, "이기기 위해서가 아니라 무엇이 옳은 것인가를 말하기 위해 싸운다"며 '무죄다라는 말 한마디'를 외친 황인철, 수배 중에 전태일의 전기를 쓴 "억울한 사람들이 가장 먼저 떠올린 이름"의 조영래, "원칙과 상식을 꿈꾸었던 이상주의자"로서 대통령 퇴임 후 비극적인 자결을 택한 노무현, 그리고 "이긴 적 없지만 늘 이겼던" 그래서 옥살이를 피하지 못한 한승헌.

나는 상실과 포악의 시대에 이념과 실천으로 도전하는 세

여자와 11명의 율사들을 통해 불의와 부정에 저항한 인물들의 이 땅에서의 그 뜨거운 투쟁에 감동했다. 그 열정으로 덧없는 세상에 이상과 정의의 의미를 새겨주었음에도 영혼을 빈 하늘에 띄울 수밖에 없는 허망함도 나는 피할 수 없었다. 그 서사들은 열정이 연민을 불러오는 고단한 우리 민족사가 당한 수난의 그림이었고 그 인물들에 서린 안타까움이었다. 내 감회는 시대의 수난에 대한 슬픔이고 그 완강한 의지에의 안쓰러운 경의였으며, 그럼에도, "몸은 땅에, 영혼은 노을에" 묻어야 할 한의 근원에서 우러난 하염없는 설움이었다.

〔2017. 9. 29.〕

민영익의 시계, 뉴턴의 시계관

소설가 김원우의 근작 장편 『운미 회상록』은 근래의 우리 소설문학에서 매우 육중한 무게로 다가오는 문제작으로 읽힌다. 한말의 척신으로 민씨 세도정치의 중추이면서 난화(蘭畵)에서 대원군과 맞설 화가이기도 한 운미 민영익(芸楣 閔泳翊: 1860~1914)의 생애와 그의 시대를 독특한 회고록 형식으로 재현함으로써 개화기 당대만이 아니라 오늘 우리의 고민스런 정황을 돌이켜보게 만드는 까다로운 작품이어서다. 국운이 쇠하면서 중국, 일본, 러시아 혹은 미국 등의 외세들을 뒤에 업은, 작가 자신이 '난해하다'란 말을 자주 써야 했듯 어려운 시대의 답답한 체제 속 복잡한 정국에서 이해하기 어려운, 인물들을 통해 전환기적 우리 근대사를 재해석하도록 작가는 독자를 족치고 있는 것이다. 그런데 이 장대한 서사에서 나는 얼핏 지나칠 한 대목에 눈을 오래 멈추었다.

한미수호통상조약에 따라 보빙사 전권대사로 미국에 파견된 민영익은 미국 아서 대통령의 호의로 한국인으로서는 최초의 세계 일주 여행을 하는데 그 어디에선가 서양 시계 두 개를 산다. "기다란 쇠줄이 치렁치렁 달린 회중시계와 굵다란 가죽줄이 붙어 있는 손목시계의 하얀 자판 위를 재깍거리며 일정한 속도로 굴러가는 초침을 들여다보고 있으면 참으로 신비스럽기 이를 데 없었다." 그러나 그 '신비스럽던' 시계를 그는 오래잖아 수행원 현흥택에게 줘버린다. 양물(洋物)을 즐기는 자신이 '경망'스레 보이는 것 같고 게다가 그 시계에서 '이물감'을 느낀 탓이었다. 시계 이야기는 그 이후 다시 나오지 않는다. 그러나 이 사소한 삽화는 에드워드 돌닉의 『뉴턴의 시계』를 떠올려주며 나를 붙잡았다.

내가 근년에 본 것들 가운데 가장 재미있게 읽은 이 책은 정작 그 제목(원제는 '시계태엽 우주 The Clockwork Universe'이다)에 쓰인 시계 이야기는 없이 민영익보다 2세기여 앞서 태어난 뉴턴의 생애(1642~1727)를 중심으로 그가 이룬 과학적 업적과 근대로의 극적 전환을 이루는 과학사적 시대상을 미국 과학저널리스트가 매우 요령 있게 묘사하고 있다. 16, 17세기는 갈릴레이, 데카르트, 라이프니츠 등 중세를 탈피하고 새로운 과학시대를 연 천재들의 세기였지만 그럼에도 중세적 어둠은 아직 아주 걷히지 않고 있었다. 셰익스피어가 만든 극장은 2천 명을 수용할 만큼 컸지만 화장실 하나 없었다. 뉴턴 자신도 그처럼 중세/근대가 중첩된 면모를 갖고 있었다. 1930년대 경제학자 케인스가 경매에서 구입한 뉴턴의 친필 원고는 톨스토이의 『전쟁과 평화』처럼 방대한 50만 단어가 사용된 연금술 관련 글이었다. 만유인력과 운동의 법칙, 라이프니츠와 발명자 명의 싸움에서 이긴 미적분 수학 등으로 근대과학의 문을 연 천재 뉴턴도 중세적 미몽에서 미처 벗어나진 못하고 있었던 것이다(중세의 연금술 덕분에 근대의 화학이 발전했다고 하지만). 돌닉은 그런 뉴턴에게서 "우주를 거대한 '시계태엽' 장치로, 신은 뛰어난 시계공으로 간주되던" 근대의 과학적 세계관을 본 것이다.

이 근대 과학자들은 신의 존재를 인정하면서도 "하느님도 모가 있는 원을 만들 수 없다"는 과학적 엄격성을 확신하고 있었다. 수학자이면서 철학자였던 파스칼 등 당대 최고의 학자들은 신을 "한낱 창조자가 아니라 특별한 창조자이며 최고의 수학자"라고 보았다. 뉴턴은 우주와 세계에서 신의 창조적 설계를 보았다고 믿었지만, 그의 후대 과학자들은 그런 그의 시각을 통해 오히려 신의 창조적 계획을 부정하는 역설을 발전시켜 다윈의 진화론으로 신 중심주의에서 벗어나게 된다. 어떻든 뉴턴의 시대는 아직 중세적 어둠을 걷어내지 못한 가운데 근대로의 대전환을 추구하던, 신/구가 뒤섞인 혼돈의 시대였다. "시계장치 우주는 정말로 굉장히 매끄럽게 작동했기에 뉴턴의 적들이 주장했듯이 뉴턴은 신이 들어갈 자리가 없는 우주관을 내놓은 것"이었다. 뉴턴은 시계태엽과 같은 정확한 엄밀성에 주목하며 자신의 우주관을 폈지만 그런데 민영익은 시계를 신기하게 보면서도 경망스런 이물로 여겼다. 그가 이 시계를 난초화처럼 즐겨, 척사와의 갈등을 이겨내고 근대로의 인식 전환에 도전했다면 우리 민족의 운명은 달라졌을까, 어땠을까.

문제의 이 '시계' 때문에 구해 읽은 경제사학자 카를로 치폴라의 『시계와 문명』은 내 궁금증에 시사적인 답을 준다. 시계는 서양에서 13세기에 개발되고 14세기에 널리 보급되어 교회와 시청 건물에 설치되기 시작하며 17세기에는 제네바에만 30여 명의 시계 장인과 꽤 많은 직공들이 있었다. 루소와 그의 아버지도 시계공이었지만, 갈릴레이, 호이겐스, 라이프니츠 등 많은 과학자들이 시계의 정밀성과 정확성에 기여했다. 시계는 "물리학과 역학의 이론적 발견이 실용화한 최초의 산업"으로서 흐르는 자연의 시간을 인간의 생활 속으로 끌어들여 '저녁 기도 시간'에서 '오후 7시'로 정량화시켰고 그럼으로써 실험과 계측을 기본으로 삼는 근대 과학자들에게 망원경, 현미경과 함께 가장 중요한 과학 탐구의 도구가 되었다.

그 시계가 동양에 들어온 것은 선교사들을 통해서였는데 청의 강희제는 선물 받은 시계를 좋아했지만 '고급한 장난감'으로 여겨 대수롭지 않게 여겼다. 치폴라에 따르면 그러나 일본에서는 1550년 프란치스코 사비에르가 야마구치의 성주에게 시계를 선물함으로써 서기(西器)의 실물을 보게 되고, 막부의 쇄국정책에도 불구하고 중국과 달리 "기계식 시계를 자체적으로 만드는 방법"을 배워 16세기 말에 그 제작에 성공한다. "그들은 단순히 서양 시계를 모방하는 대신 실제로 자신들의 필요에 맞게 변형하여 확실히 독창적인 작품을 만들 수 있었다." 일본의 '탈아입구(脫亞入歐)' 지향을 이 시계 사례가 먼저 보여준다.

그러니까 시계는 민영익과 뉴턴에게나, 혹은 중국과 일본에서나 근대로의 전환의 계기로 제시되었다. 뉴튼과 그의 시대는 측시(測時)를 실험 연구와 일상생활의 가장 중요한 수단으로 시계를 꺼내 일상의 삶을 재편성하며 근대화로의 길로 들어섰고 일본도 그 방향으로 따라갔지만, 민영익과 청나라는 재미있는 장난감으로 가지고 놀다 버림으로써 근대과학적 탐구에서 낙후되고 말았다. 우리가 항용 몇 '시'라고 하는 것은 '시계의(o'clock)' 숫자로서 생활과 의식의 진행 기준이 된다. 인식과 사유, 정신과 활동이 이 관념에 맞추어 질서를 잡고 진행의 틀을 확보함으로써 시간의 소유를 통해 공간세계를 확보할 수 있는 계기를 이룬 것이다. 시계가 기계적인 톱니바퀴로 시간을 분할하고 그 순응을 강제함으로써 시침에 따르는 우리의 삶이 타자화하는 소외를 대가로 지불하게 되는 것도 분명하지만, 그것은 피할 수 없는 현대성의 비용일 것이다.

이 착잡한 생각에 문득 한마디 말이 덧붙는다. 우리 문학사에서 80대 중반의 '시간을 초월한 최고령 작가의 신작 소설집'이 될 최일남 선생의 창작집 『국화 밑에서』의 한 대목은 "이럴 줄 알았으면 차라리 시계공이나 되는 건데"라는 아인슈타인의 탄식을 인용한다. 원자력 시대를 연 아인슈타인은 정작 원자탄의 그 비인간적인 위력에 경악하여 러셀과 세계적인 반핵 운동을 전개했다. 20세기의 천재 아인슈타인 앞에서 우리는 아직 19세기의 민영익과 17세기의 뉴턴이 시계를 놓고 벌이는 씨름을 보듯 트럼프와 김정은의 핵 씨름을 보며 역사 종말의 시계를 재야 할 것인지. 〔2017. 12. 1.〕

지식사회의 압축 성장

1890년대로부터 2차 세계대전 후에 이르는 서구 지식사회의 흐름을 휴즈의 3부작(『의식과 사회』『막다른 길』『지식인들의 망명』)을 통해 짐작하게 된 내게 피터 버크의 『지식의 사회사』 두 권은 이 주제에 대한 내 관심의 폭을 크게 열어주었다. 케임브리지 대학의 문화사 교수로 소개된 버크는 사회사상가의 이론이나 한 학파의 동태를 소개하는 것이 아니라 우리가 지식이라 부르는 것들의 전반적인 발전과 분화, 변화와 확장의 움직임을 사회사 방법으로 정리하고 있다. 제1권은 구텐베르크의 인쇄술이 개발된 15세기 후반부터 프랑스 백과사전파에 이르는 지적 운동을 추적하고 있고 12년 후에 출판된 제2권은 산업혁명으로부터 현재까지를 조감하고 있다.

이 저자는 지식의 형성과 보급, 전승과 영향에 관계되는 '학식공화국'의 갖가지 구성 요소들을 폭넓게, 그리고 그 이상으로 자상하게 소개한다. 가령 17세기 말경에는 커피하우스가 중요한 지식 교환소였다는 것, 1600년에서 1789년 사이에 발간된 프랑스의 정기 간행물이 1,267종이라는 것, 17세기 전반기에 어학사전들이 다투어 나왔고 그즈음 '교양적 지식'에서 '실용적 지식'이 분화되어 발전하기 시작했다는 것, 16세기에는 '창녀 가격표'가 간행될 정도로 정보화가 확대되었다는 것, 근대 초기부터 교회가 만든 금서 정책이 도서의 폐기, 은폐, 통제, 상실, 파괴 등으로 자행되어왔다는 것, 15세기에 '선박설계도'에서 시작된 특허권 개념이 번지면서 지식의 상업화가 이루어지기 시작했다는 것, 도서관과 박물관이 19세기부터 경쟁적으로 책과 유물의 수집, 소장에 열성이었다는 것, 영어에서 '과학자'란 용어가 출현한 것은 1830년대였다는 것, 통계학은 정보와 지식의 팽창으로 19세기 초부터, 사회학은 졸라의 『제르미날』로 주목된 환경문제 촉구로, 개발되기 시작했다는 것 등 생각도 못한 의외의 지식을 숱하게 제공한다. 중국과 일본에 대한 정보가 활발했다는 대목에 끼어 "한국에서는 인쇄에 대한 당국의 통제가 중국보다 훨씬 더 철저했으며 민간 차원의 서적 제작과 판매가 금지됐던 때도 있었다"는 서술이 아프게 반가웠던 것, 몽테뉴가 "피레네산맥 이쪽에서는 진실이고 그 너머에서는 거짓"이라며 지식의 상대성을 인정하는 것, 베이컨의 기억, 이성, 상상이란 인간의 세 능력이 역사, 철학, 시로 각각 표현된다는 지식론을 소개하기도 하면서 깃털펜에서 타자기를 거쳐 컴퓨터의 글치기에 이르기까지 필기도구의 변화도 놓치지 않는다.

저자의 이런 폭넓은 섭렵의 결말은 산업혁명 이후의 지식사회사를 러시아 경제학자로 스탈린에게 처형당한 콘트라티에프의 장기 파동설에 따라 50년 단위의 지적 비약 단계로 정리한다. 제1기 1750~1800년의 '지식의 개혁기'에는 기왕의 지식을 백과사전 등으로 재조직하면서 세계화와 계몽을 추구했다는 것, 다음 50년 '지식의 혁명기'에는 대혁명의 여파를 받으면서 교육제도가 개혁되고 역사주의의 등장으로 학문에 시간 개념을 도입했다는 것, 그다음 제3기 1850~1900년의 '학문의 분과화' 시대에는 학위제 시행, 대

중화와 도서관 등에 의한 수집 보관이 본격화되었다는 것, 이은 제4기의 '지식의 위기'에는 후설, 니체, 아인슈타인과 불확정설, 양차 세계대전으로 말미암은 과학의 위기에 대한 공포가 미만했다. 1940년대부터 반세기에 이르는 제5기는 컴퓨터, 스푸트니크, 달 착륙과 더불어 스노가 말한 '두 개의 문화' 현상이 심화되는 '지식의 기술화'로 진행되고 독일 통일의 1990년대 이후 제6기 '재귀성의 시대'인 오늘날에는 월드와이드웹과 구글, 위키백과, 나노, 빅데이터 등으로 과학적 비약이 이루어지고 있는 중이다.

내가 지식 사회사의 진행에 관심을 가진 것은 지난해 갑작스레 우리 정치, 경제, 과학계에 '4차 산업혁명'이 크게 논의되고 우리의 미래에 대한 적극적인 재구성 작업을 독촉하는 움직임을 본 때문이고, 젊은 국문학도 안서현의 「계간지 시대의 비평 담론 연구」에서 나도 참여했던 1970년대의 계간지 운동이 학위논문 주제가 된 것을 보고 '현존에서 역사로의 이월'에 대한 감상어린 소회에 젖어든 때문이기도 하며, 1970년대 초에 활발했던 '한국사 시대 구분론' 토론을 회상한 때문이기도 하다. 분명 이 시대는 아날로그에서 디지털로, 실재에서 가상현실로, 자연지능에서 인공지능으로 전환과 비약의 단계로 오르고 있다. 이 변화를 실감하면서 그것을 어떻게 보고 판단하고 전망해야 할지 내 좁은 지력으로는 갈무리할 수 없었다. 그럼에도 새해에 바라볼 것은 없이 돌아볼 일만 엄청난 80년의 지난 시간을 정리하고 싶었다. 그런데 그 변화는 콘트라티에프의 50년 주기가 아니라 10년 주기로 압축되어야 했다.

내가 초등학교에 입학한 첫 학기는 일본어로 배웠지만 여름방학을 지낸 2학기에는 한글로 공부했다. 김현이 자부한 '한글 세대'의 첫 학년이었다. 그리고 10대는 한국전쟁과 전후의 빈곤 속에서 변방의 나라가 국제정치의 냉전 체제 속으로 제어되면서 우리와 세계와의 상호 인식이 이루어진다. 대학생 시절이던 20대에 4·19 이후 민주주의와 경제 성장을 향한 국민적 미래 선택에 대한 자신감을 갖게 되고 30대는 유신의 포악에 맞선 진보 이념의 수입으로 인식의 개방을 얻는다. 40대는 올림픽, 소련 해체와 함께 이제껏 강요된 금서, 금기에서 벗어나고 50대는 독일 통일과 남북 정상 회담을 보며 정치적 해금과 풍요 속의 미시권력 등장에 주목하게 된다. 이러는 사이 컴퓨터가 들어오고 인터넷이 보급되고 권력은 민주화하고 첨단산업에 도전하며 상아탑의 연구로부터 거리의 전철까지 아날로그 문화는 디지털 문명 체제로 흡수되기 시작했다. 서양에서 5세기 동안 진행되어온 것들이 우리에게는 50년의 압축된 시간으로 달구어진 것이다. 물론 우리의 지적 인식론적 변화도 일어났다. 내 20대는 서구의 인문주의가 주도했지만 기자가 된 30대에는 한국학의 열기 옆에서 유학파들에 의한 경영학 행정학 같은 실용주의 학문이 확산되었고 40대에는 포스트모더니즘과 해체주의가 지식사회의 주제로 떠올랐다. 이제는? 4차 산업혁명으로 과학-기술의 융합을 재촉하고 케빈 켈리가 말하는 정보, 생명공학, 로봇, 나노 등 4-O(info, bio, robo, nano)의 혁신적 지식들이 서슴없이 출현하고 새로운 연구 성과들이 인식의 재혁신을 유도하여 피터 왓슨의 이른바 '컨버전스(수렴, 집중)'와 재생산으로 더욱 진전된 지식 체계를 만들고 있다.

숨차게 달려온 우리 사회도 유학과 번역 등으로 외국학문을 적극 수용하며 대학과 기업-기관의 연구비가 대폭 증액되고 연구 시스템의 강화 효과로 지식 개발에 높은 실적을 거두었다. 이제 후진국 콤플렉스 상태를 벗어났다는 자신만만해진 자부에도 불구하고, 경제에서도 그랬듯, 우리 지식사회의 압축 발전에 따를 부정적 전망에 대한 두려움도 솟는다. 실용주의로의 일방적 기울어짐, 상아탑 연구들의, 버크가 말하는 바 '지식의 맥도날드화', 그럼으로써 성과의 성급한 환금주의, 학문의 권력화로 말미암은 속류화가 그렇다. 지식과 사유 들이 세계화 명분 속에서 왜곡되고 연구 작업이 실적주의로 퇴화하며, 기초학문과 인문학의 냉대로 '다르게 생각하기'의 창조적 정신의 위축은 결코 지나친 우려가 아니다. 지식이 현실적 이해관계를 뛰어넘어 오로지 진리 탐구의 의지로 추구되고 학자들의 이 열정과 연구의 그 성과들에 대한 순수한 경의 속에서 지식사회를 발전시킬 수 있었던 고전적 미덕이 그립다. 〔2018. 1. 26.〕

고흐의 증례

빈센트 반 고흐에 대해 내가 가진 이미지는 '광야에서 외치는' 고독한 세례 요한의 모습이다. 젊었을 때 읽은 콜린 윌슨의 『아웃사이더』가 깊이 박아준 인상이었다. 무대에서 공중으로 부상한 발레리노 니진스키가 신과 절망적인 대화를 했다는 묘사와 함께 화가 고흐가 고통받는 선지자적 영상으로 잊히지 않고 남은 것은 그 책에 빠질 즈음 신을 잃은 허망감에 깊이 젖어 있었기 때문일 것이다. 러시아의 무용가에 대해서는 관심이 희미해졌지만, 고흐에 대해서는 그의 그림과 그에 대한 글들, 동생 테오와 나눈 편지들 덕분에 자주 환기되었고 가려진 그의 생애에 대한 궁금증은 사그라지지 않았다. 스티븐 네이페와 그레고리 스미스의 『화가 반 고흐 이전의 판 호흐』를 읽은 것은 그런 그의 내가 알 수 없었던 삶의 실제를 통해 그를 탈신비화하고 싶어서였다. 근 1천 쪽의 『판 호흐』는 내가 본 어떤 전기보다 길고 객관적이며 자상했기에 고흐(옮긴이 최준영은 굳이 네덜란드 음일 '판 호흐'로 표기했다)에 대한 내 궁금증은 거의 풀렸다. 우선 사후에는 최고의 값으로 거래되었지만 생전에는 단 한 점 팔렸다는 그의 그림의 구입자는 누구였을까란 의문은 벨기에 화가 외젠의 누이로 『붉은 포도밭』을 400프랑(지금이라면 얼마가 될까?)에 구입했다는 것으로 풀렸다. 그 그림이 팔릴 즈음의 그는 "거리를 배회하다 정신을 놓은 채 자신이 누구인지, 그곳이 어디인지, 왜 거기 있는지 기억도 못 하고" 정신병원에서 치료받아야 할 지경에 던져져 있었다.

누구의 주목도 받아보지 못했고 스스로도 자신을 재주 없는 환쟁이로 생각한 그가 프랑스 혁명 100주년 기념박람회의 전시회에 출품한 그림에 대해 한 젊은 비평가로부터 뜻밖의 극찬을 받는다. 최초로 그를 조명한 사람은 "법학 공부만 제외하고 시, 비평, 소설, 희곡, 그림에 펄펄 끓는 재기를 발휘한 젊은 법학도" 알베르 오리에였다. "발작 속에 광적으로 일그러진 만물은 분노의 지경까지 이른다. 형태는 악몽이 된다. 비정상적으로 강렬하게, 심지어 고통스러울 정도로 강렬하게, 끓는 용암으로 예술의 협곡에 쏟아부은" 고흐에게서 그는 "저주받은 시인이고 설교자, 예언자이자 낯선 자"를 발견한다. 그의 그림은 이 평을 받은 후에 팔렸고 정신병원에 수감된 고흐에 대한 인식도 극적으로 달라져 생애의 마지막에야 비로소 화단의 주목을 받기 시작한다. 고흐의 뜨거운 존경에도 불구하고 그와의 동인 활동을 걷어치운 고갱이 그를 다시 보기 시작한 것도 이때였다.

프로방스의 '노란 집'에서 자화상 때문에 고갱과 다투고는 자기 귀를 잘라 그에게 보이고 따졌다는 극적인 에피소드는 좀 달랐다. 고흐는 독특한 화풍의 고갱과 함께 동인으로 작업하고 싶었고 남태평양에서 돌아온 그에게 이 뜻을 간곡하게 호소했다. 두 화가는 드디어 프로방스에서 함께 작업을 시작하게 되지만, 이미 높은 평가를 받고 권위를 자부하는 고갱과 아직 아마추어 수준으로 자평하면서도 완강하게 자기를 고집하는 고흐 사이가 결코 원만할 수 없었다. 고갱이 자기를 버리고 떠날지도 모른다는 불안감에 짓눌린 고흐는 크리스마스 이틀 전 "세면대에 놓여 있던 면도칼을 집어들고 세게 귓불을 잡아당겼다. 면도날은 귀의 위쪽 부분을 놓치고 중간 부분에서 내려와 턱까지 쓱 그어버렸다." 빈센트는 '고깃덩어리인 양' 귀를 조심스레 씻어 신문지로 싸서는 피를 흘리며 고갱이 좋아하는 창녀를 찾아가 던져주었다. 의사들은 "빈센트의 병례, 즉 난폭한 자해와 격렬한 동요, 이상한 행동에 놀라고 당황스러워했다"고 진단했다. 그리고 그는 정신병원에 들락거리기 시작한다.

빈센트와 테오의 우애와 그들 사이의 편지는 참으로 감동적이다. 유능한 화상인 테오가 자기 형에게 매달 100프랑씩 보내고도 주책없는 낭비로 끊임없이 더 달라고 재촉하는 형의 청에 못마땅해하면서도 꼬박꼬박 돈을 보내준 형제애는 부러운 모습이다. 그랬기에 빈센트가 운명한 한 해 후에 젊은 아내를 두고 작고한 테오의 죽음이 운명처럼 불가사의해졌다. 그러나 두 형제는 함께 매독을 앓고 있었고 테오의 죽음도 그 병 탓이었다. 저자는 두 형제의 관계를 가까워졌다가 멀어지고 다시 껴안는 발레의 '파드되'로 보면서 돈 문제에서부터 당시 화단의 주류인 인상파 수법을 거부하는 고흐의 화법에 이르기까지 형에 대한 불평이 만만찮았다고 말한다. 그러나 잇달아 세상을 버린 두 형제를 테오의 아내는 오베르의 무덤에 나란히 안장해주었다.

빈센트는 아버지처럼 목사가 되지 못하고 전도사 일에도 좌절하고 아우의 청으로 붓을 들었다. 밀레의 그림을 모사하면서 시작한 화가 생활은 불과 8년 동안이었다. 그러기까지, 그리고 그 후에도 줄곧 그는 이 세상과 그 시대를 매우 불편하게 살아야 했던 애물이었다. 그는 끊임없이 자학하며 불평했고 헤프게 쓰면서 곤핍했고 괴팍하며 세상과 불화했다. 그는 아버지 집에서 쫓겨났고 친척들로부터 외면당했으며 동네 사람들도 그를 미치광이로 손가락질했다. 자식 둘 달린 창녀와 결혼하겠다고 우기고 등유를 마시고 물감 튜브를 먹는 등 광기와 간질 증세로 극한 상황에까지 빠졌다. 그 발작들은 그를 '기억의 지옥'으로 밀어넣었다. 그 자신은 그 발작에 두려움을 느꼈고 나날은 고독과 번민으로 가득 차고 잠은 혐오스런 악몽이었다. 외로움에 공허했지만 "사라지지 않는 죄책감이 늪의 물처럼" 가슴에 스며들었다. "사람들은 화가가 다른 눈으로 본다면 미쳤다고 한다"고 그는 조소하면서 "그것이 광기라면 햇볕에 지나치게 강타당해 생겨난 광기"라며 자신의 운명을 예감하고 있었다. 살아서 '괴물', 죽어 모두가 '사랑하는 고흐'의 기구함!

이랬기에 나는 그의 자살에 이의를 품지 않았는데 이 책은 여기에 강력한 반론을 제기한다. 그는 "죽음을 반가워했지만 자살에 대해서는 부정적"이었으며 그가 권총을 가진 적이 없었고 총상도 자살자의 사선에 맞지 않으며 사후에 경찰이 그 권총을 발견하지 못했다는 증거들이 제시되고 있다. 그 사실 여부를 확인하기 위해 김형영 시인이 구해준 DVD 「반 고흐: 위대한 유산」과 애니메이션 「러빙 빈센트」를 보았다. 두 영화는 불량청년들에게 놀림을 당하다 피살되었을 가능성에 심증을 주면서도 그 결정적인 장면은 감추고 있었다. 『판 호흐』는 그가 경찰에게 "아무도 고발하지 마세요. 내가 나를 죽이고 싶었던 겁니다"고 말했다고 썼다. 테오에게 안겨 죽음을 맞으며 그는 "이렇게 죽고 싶구나"고 했고 "두 눈을 크게 뜨고 그의 광적인 가슴이 멈추"자 아우는 "형은 열망하던 휴식을 찾았다"며 마음을 가다듬었다.

나는 이 전기로 여러 궁금증들을 풀면서, 더 깊은 미스터리에 젖었다. 노란색 밀밭 위로 나는 검은 까마귀들, 꿈틀거리며 솟구치는 나무들과 소용돌이치는 배경의 색깔들 그 모두에 어딘지 막막한 불길함이 배회한다. 그의 광기는 니체처럼 '벨 에포크'의 풍요와 평온을 깨고 살육과 고통의 시대를 예고하고 있다. 그런데, 미친 영혼은 어떻게 세계를 투시하고 광포한 시대의 파탄을 예감할까. "내가 느끼는 것을 그리고 내가 그리는 것을 느끼고 싶다"는 그의 열망은 어떻게 들린 영혼으로 20세기의 절망을 직관할 수 있었을까. 그 망연한 생각들에 젖던 밤, 나는 미국의 마종기 시인에게 보낸 메일에 이런 구절을 보탰다. "이 세계가 허망하기에 신뢰를 지켜야 한다는 것, 이 시대가 죄스럽기에 존중할 것이 있어야 한다는 것, 이 사회가 위선이기에 관용이 필요하다는 것, 인간들이 포악한 존재이기에 선의가 피어나야 한다는 것, 삶이 고통스럽기에 유머가 허용되어야 한다는 것."

〔2018. 3. 30.〕

작가들, '자유의 바다'를 바라보다

2008년 우리 문단은 뛰어난 세 작가를 잇달아 잃었다. 5월 1일 『남과 북』의 작가 홍성원이 문득 눈을 감더니 그의 장례를 마치자 『토지』의 박경리 선생이 5일 어린이날에 임종했고 채 석달이 안 된 7월 31일에는 『눈길』의 이청준 부음이 날아왔다. 부위는 다르지만 모두 암으로 생명을 앗긴 그 세 작가가 올해 10주기를 맞았다. 그분들이 세상을 떠난 이후 소설 읽기를 피해온 나는 그럼에도 그들과 같은 시대를 살아왔다는 행운에 감사하면서 우리 문학에서의 민족사적 서사의 시대도 고비를 다했다는 섭섭함을 되씹는다. 그 후의 우리 소설들은 내밀한 미세 정서로 풍요로워졌지만 이분들이 전개한 역사와 현실에 대한 뜨거운 문학적 재현은 보기 힘들어진 것이다.

띠동갑인 박경리 선생은 식민지 교육을 받고 한국전쟁을 온몸으로 겪어 그 당대의 삶을 증언하고 있지만 무엇보다 3대 50년에 걸친 『토지』의 가족사를 통해 우리 근대사를 재구성하여 한말 이후의 갖가지 기구한 민족사적 삶들을 재현해주었다. 홍성원은 1950년대 3년 동안의 한국전쟁을 정면으로 다룬 대하소설 『남과 북』으로 고난의 한국 현대사를 추적한 거대한 성과를 거두었다. 이청준은 장편 『당신들의 천국』으로부터 단편 「눈길」 등을 통해 현대와 전통, 자유와 권력 간의 갈등을 해부하며 우리 사회의 내면적 괴로움을 추적한 작품들로 존중받아왔다. 그 작품들을 통해 우리 사회의 근대화 진행 과정과 현재적 모순을 다시 꾸려볼 수 있을 정도로 큰 성취를 이룬 세 작가가 같은 해 잇달아 작고한 지 10년이 되는 이제, 나는 문단이나 문학계가 10주기를 맞는 이들의 세계를 글과 행사들로 추모하고 우리 현대문학사의 성과를 다시 평가하기를 기대하면서 그들이 사사로이 내게 준 이야기로 한 면모를 회상하고 싶다.

박경리 선생이 『동아일보』에 장편 『단층』을 연재할 때 자주 원고가 늦어 나는 정릉의 그분 자택으로 달려가 그날치 석간에 실을 글을 받아와야 할 적이 잦았다. 어느 날 그분은 손자를 등에 업고 어르며 막 마친 원고를 넘겨주며 하소연을 넘어, 절규하듯 외쳤다. "사위는 형무소에 수감되어 있지, 딸은 아침부터 남편 옥바라지하러 일찍 나갔지, 젖먹이 손자는 칭얼대지, 집밖 가까이는 정보원이 지키고 있지, 이웃은 불령인 보듯 눈 돌리고 있지, 그러니 어떻게 원고지를 앞에 놓고……" 그분은 속에서 폭발하듯 원한에 젖은 목소리로 세상을 향해 원성을 높였다. 사위 김지하가 필화를 당해 '빨갱이'로 수감 중이었고 기관원은 그의 집을 줄곧 염탐하고 있었으며 동네 사람들은 못 볼 사람 피하듯 못된 시선으로 에워싸고 있었다. 그 사고무친의 고독과 겁박 속에서 그의 『토지』가 창작되었고 그 한스러움이 배인 작품이 국민적 소설이 되어 그의 장례는 민족장(民族葬)으로 보여질 만큼 절절하고 간곡했다. 나는 막 치른 그분의 임종 얼굴을 보며 그 모습이 한없이 평화롭고 깨끗해 '평온 속의 안식rest in peace'이란 말의 진의를 여기서 느끼며 감동했다.

홍성원과는 여행 때마다 룸메이트로 한방을 쓰고 광화문 거리를 으레 함께 돌아다닌 가장 가까운 친구였다. 그런 그로부터 자신의 가난에 대한 안타까운 회고를 여러 번 들었다. 끼니를 사기 위해 피를 팔기로 작심하고 혹 피가 묽어져 매혈이 안 될까 싶어 고픈 배를 채울 물도 마시기를 참고 병원에 갔는데 너무 피가 진해 간호사가 채혈을 못 해 결국 피를 파는 데 실패하고 말았다는 것, 숭인동 셋방에 살 때 부근의 가게에 외상을 너무 많이 져 멀리 동숭동 낙산으로 돌아오곤 했다는 등이 그런 것이다. 그런 그가 『동아일보』 장편 공모에 작품을 보내고 상당한 자신감을 가졌는데도 통지는 오지 않자 당장의 끼니가 아득해, 다방에서 기다리며 아우를 신문사로 보내 확인을 시켰다. 문화부 기자는 대뜸, 그러잖아도 당선 통지를 보냈는데 반송되어왔기에 초조해하고 있는 참이라며 반가워했다. 그것이 당시 신문소설에 신풍을 일으킨 『디-데이의 병촌』이었다. 그가 쓴 필명으로 주소지에서 찾으니 그런 사람 없다고 집주인이 반송한 것이다. 그는 그날 당선 통지서를 담보로 다시 외상 쌀을 들여와 끼니를 이었다고 쓴웃음을 지었다.

『눈길』의 이청준도 굶기를 주제로 한 작품을 썼지만 소년 시절에 겪은 그의 체험은 전율적이었다. 여순 사건이 일어난 후 빨치산이 횡행하던 남도의 시골, 낮에는 경찰이 치안을 맡았지만 밤에는 '산사람들'이 내려와 먹을거리를 가져갔다. 어머니와 자고 있는 어느 한밤, 누군가 방문을 벌컥 열며 전짓불을 비추고 "당신들 어느 쪽이야"라고 호통을 치듯 물었다. 전짓불빛 저편이 어둠으로 가려져 있기에 그들이 경찰인지 빨치산인지 알 수 없는 상태였다. 한마디 대답이 엇갈리면 목숨이 박살 날 순간이었다. 그는 이 삼엄한 장면을 중편 『소문의 벽』을 비롯한 여러 곳에서 회고하고 있어 그 공포의 순간이 얼마나 깊은 트라우마로 각인되었는지 보여준다. 역시 10년 전에 작고한 하근찬의 『수난이대』에서 태평양전쟁 때 팔을 잃은 아버지가 6·25로 다리를 잃은 아들을 업고 가는 장면과 함께 이청준의 이 전짓불 장면을 나는 한국전쟁의 가장 '뜨거운 상징'으로 보았다.

10년 전의 나는 이 세 분 작가의 잇달은 서거를 문학사적 변화의 예고로, 그래서 우리 현대사의 전환을 알리는 증례로 받아들였다. 이제 거대서사의 시대는 끝나고 있는 것이다. 박경리는 한국 근대사가 안겨준 운명을 인내의 한으로 버티고 홍성원은 시대가 강요한 수난을 완강하게 거부하며 이청준은 이 변화들이 얽어준 갈등에 대한 정신적 천착을 보여주던 문학적 소임이 드디어 바뀌고 있음을 그것은 알려주는 것이었다. 그 버팀, 거부, 천착의 양상들은 우리 세대가 더불어 살아온 뜨거운 풍경이었다. 나와 한 살 연상, 연하인 홍성원, 이청준과 12살 위인 박경리가 그 시대적 현실적 고난들을 정시하며 씨름하고 살아온 것이었고 그랬던 작가들과의 작별은 그 고통을 함께해온 우리 역사의 전환을 알리는 징조였다. 그들은 수난의 삶 속에서도 문학인으로서의 도저한 품위와 세상 삶에의 당당함, 오직 글쓰기만의 열정을 고집하는 진정성에 대한 경의가 그들을 향한 그리움과 겹친다. 그 고고한 분들과 한 시대를 함께한 것은 내 생애의 엄숙하면서도 자랑스러운 행운이었다.

욕지도 출신의 '평생 기자' 김성우는 아름다운 단장집 『수평선 너머에서』의 끝 대목에 "바다는 자유의 광장"이며 "나의 자유주의는 바다가 기른 것이고 나의 낭만주의는 수평선이 기른 것"이라고 썼다. 홍성원 묘비에는 "우리가 만날 수 있는 모든 사물 중에서 바다는 가장 단순한 구도를 지니고 있다. 한 개의 선과 두 개의 색상이 바다가 만드는 구도의 전부다. 가장 큰 것이 가장 단순해서 바다는 우리를 감동시킨다"라고 말한다. 이제 박경리는 그가 태어난 『파시』의 통영 산마루에서 한려수도 난바다를 내려보고 『수적(水賊)』의 홍성원은 파주 언덕에서 임진강과 한강이 합치는 강화 앞바다를 굽어보며 이청준은 장흥 '문학자리'에서 『이어도』로 향하는 남해 수평선 너머를 바라보고 있다. 그들은 억압으로부터의 자유, 기아로부터의 자유, 공포로부터의 자유를 향해 저세상에서도 바다, 그 '자유의 광장'을 향하고 있는 것이다. 그 바다가 표상한 자유, 거기 서린 파토스, 그사이 설핏 드러나는 영원을 품어들이고 있으리라. 〔2018. 5. 25.〕

쓸모없음의 쓸모

본 대학 교수 헤르츠는 부도체도 통과할 수 있는 전자파를 실험하여 '라디오'로 명명되는 '헤르츠파'를 확인한다. 이 발견의 쓸모가 무엇이냐는 한 학생의 질문을 받은 그의 대답이 뜻밖이다. "아무짝에도 쓸모가 없지. 그냥 거장 맥스웰 선생이 옳았음을 증명하는 실험일 뿐일세. 우리는 지금 육안으로 볼 수 없는 그 미스테리한 전자기파를 확인한 거라고." "그다음은요"라고 묻자 헤르츠는 어깨를 으쓱해 보이며 "아무것도 없을 것 같은데." 아마 교실 안의 젊은 대학생들은 박장대소하며 한바탕 시끄러웠을 것이다. 힘든 연구와 실험이 '아무짝에도 쓸모없는 짓거리'라니. 순진한 열정의 무용한 노력이라니! 그렇기에 학생들은 더 재미있고 신이 났을 것이다. 이 유쾌한 장면을 소개한 피터 왓슨의 『컨버전스』는 여기에 후일담을 붙인다. 헤르츠의 스파크 파동 논문을 읽은 이탈리아 청년 마르코니는 전자파동을 신호로 보내는 데 사용할 수 있지 않을까 하는 아이디어를 떠올렸다. 그것이 편지나 인편으로 소식을 전하던 통신 방법을 전보, 전화의 20세기 전자 통신으로 바꾼 혁명적 전환의 계기가 된 것이다. 산업혁명 이후 오늘에 이르는 과학기술의 발전은 대체로 이처럼 무용한 이론적 발견이 문명적 실용으로 변용되어 이룬 것이다.

이 대목을 보며 회상된 것이 1960년대의 우주공학 개발이다. 1957년 소련이 스푸트니크 발사에 성공하여 인공위성이 지구 상공을 돌기 시작하자 미국은 불끈 일어서며 소련을 뛰어넘자고 외쳤고 아이젠하워 대통령이 1958년 항공우주국(NASA)을 설치하여 냉전 시대에 소련과의 새로운 경쟁을 선언한 뒤를 이어 케네디 대통령은 인간이 10년 내에 달에 착륙토록 하겠다고 약속한다. 마침내 1969년 7월 우주인 암스트롱은 달에 첫발을 내디디며 "이것은 인간에게는 작은 걸음이지만 인류에게는 커다란 도약이다"라는 인사를 보냈다. 이 벅찬 역사적 장면을 나도 텔레비전 중계로 보면서 “인간의 문명을 우주로 비약시킨 인류사적 대전환”에 감동했다. 그러나 세상 사람 모두가 흥분했던 것은 아니었다. 그 이후의 우주선 사고로 귀중한 목숨을 잃어야 했던 것은 오히려 사소하게 보일 정도로, 우주과학에 들인 노력에 비해 거기서 거둔 실용적 성과는 참으로 보잘것없다는 신랄한 비판이 제기된 것이었다. 분화구투성이의 달에서 가져온 것이란 돌덩이 몇 개뿐이었다. 1966년의 나사 예산은 59억 달러로 미국 국민총생산의 1퍼센트에 육박했고 그 직원은 3만 6천 명이 넘었다. 그들은 그즈음 우리나라 3천 5백 만의 국민총생산보다 훨씬 많은 돈을 쓰고 있었다. 막대한 경비에 비해 그 초라한 소득을 보며 그 엄청난 돈으로 굶주린 아시아-아프리카의 후진국 지원과 개발에 사용하면 세계는 좀 더 풍요해질 것이라는 발언이 설득력 있게 번졌다.

그러나 그렇게만 볼 일이 아니라는 것을 나는 후에 깨달았다. 그 자신 우주비행사였던 존스의 『나사, 우주 개발의 비밀』은 인간의 우주여행을 위한 과학적 공학적 노력을 기록하면서 그 우주여행 기술이 “모든 과학기술 분야에 공헌했지만 특히 통신과 기상 두 영역에 큰 영향을 주었다”고 쓰고 있는데, 나 같은 소심한 지식인들이 보기에도 이 평가는 너무 소극적이다. 그가 들고 있는 통신 기술과 기상학에의 기여란 직접적이고 제한된 범위에서만일 뿐이다. 인간의 달 착륙에는 20킬로미터 거리에서 바늘구멍을 뚫는 일에 비교되는 초정밀의 과학과 공학 수준을 요구했고 각가지 새로운 소재들과 기술들의 개발, 우주 공간 상태를 견뎌낼 의학적 대비가 필요했다. 여기서 내게 특히 중요하게 생각되었던 것은 그 숱한 우주과학기술들의 추진과 활용 및 산업화에 대한 미-소 두 라이벌국 간의 상반된 정책이다. 소련은 미국보다 앞섰던 우주공학 연구와 실험 결과를 국가기관의 연구소에서만 하도록 폐쇄적으로 제한했지만, 미국은 우주여행을 위한 신소재, 신기술의 개발, 여기에 필요한 컴퓨터 공학과 그것의 범용화를 민간에 개방하고 외부 연구 및 산업 자본과 합작하며 상품과 서비스의 스마트화로 확산하도록 그 과학과 기술들의 산업화 실용화에 개방적이었다. 30년 후의 그 결과가 미/소 간의 경제적 격차와 문명적 거리였고 그로 말미암은 것은 동서 냉전 구도의 해체였다. 소비에트 체제가 붕괴된 것은 쓸모없어 보인 달여행을 위한 과학기술의 연구 결과들에서 비롯되었고 무용한 노력으로 비판받은 우주

여행 투자가 의외의 세계 체제 변혁을 추동한 것이다.

아직은 달의 지질 연구 자료로나 겨우 사용될 돌 몇 개 주어온 데 그친 우주과학이 그 당장의 성과에 아랑곳하지 않고 거창한 이념 세계의 지정학적 대결을 허물며 인간의 사유와 생활 방식을 근본적으로 바꾸는 반전의 과정을 돌아보는 중에 떠오른 것이 해양학자 이상묵 박사의 지적이다. 미국의 현장 조사 여행 중 교통사고로 허리를 심하게 다쳐 '한국의 스티븐 호킹'이 된 그는 과학자들에 대한 국가적 지원의 양태를 『0.1그램의 희망』에서 이렇게 비교하고 있다. 미국은 이제까지 없는 새로운 연구라면 그게 무엇이든 무조건 연구비를 지급한다. 일본은 어떻게든 미국을 따라갈 수 있는 것이라면 아낌없이 지원한다. 그런데 한국은? "이것에 투자하면 우리나라가 돈을 벌 수 있고 반도체, 자동차 이후의 주력 수출 상품을 개발할 수 있다는 것을 보여주어야" 연구비가 나온다. '대박'을 내든가, 하지 않으면 치도곤당할 일에만 연구비가 지원되는 편협한 실용주의적 태도에 젖어 있다는 것이다. 우리가 그처럼 목매듯 매달리는 노벨상은 이런 연구에 냉담할 것이다.

40년 전 김현은 『한국 문학의 위상』을 썼는데 그 도전적인 책의 서두는 한가한 에세이풍 회고로 시작한다. 소년 시절 소설책을 읽던 그는 "아무 짝에도 쓸모없는 이야기책을 읽어 무엇 하려느냐"는 어머니의 호된 꾸지람을 듣는다. 그는 머리 좋은 자식들이 으레 듣는 의사나 판검사 공부 대신 '아무짝에도 쓸모없는' 문학을 공부했고 비평가가 되어 마흔 나이에 어머니에게 이렇게 대답한다. "문학은 써먹는 것이 아닙니다. 그러나 역설적이게도 문학은 그 써먹지 못한다는 것을 써먹고 있습니다." 문학은 지드가 콩고에서 탄식했듯이 배고픈 사람에게 빵 하나 주지 못한다. 그러나 이 세상에 굶주린 사람들이 숱하게 존재한다는 추문을 퍼뜨림으로써 이 비정한 세계의 가혹한 현실을 폭로하고 선의의 양심을 부끄럽게 만든다. 문학은 그 쓸모없음이 마련해준 자유를 통해 실용주의에 매인 욕망에 수치심을 느끼게 하며 그 실용성의 억압으로부터 해방시켜준다. 김현은 아무짝에도 쓸모없는 문학의 쓸모는 정작 그 쓸모를 거부하는 데서 얻는 자유와 해방의 귀중함에 있음을 말하고 있었다.

그래, 그렇다. 사람은 쓸모없음의 인식을 통해 쓸모의 의미를 살피고 현실을 반성하며 거기서 문화와 예술, 과학과 기술의 발전을 이끌고 인문적 덕성과 윤리적 관용을 키우며 인간을 아름다운 가치의 세계로 고양한다. '호모 루덴스(놀이하는 인간)'의 쓸모없는 놀이의 추구와 그것들을 향한 열정이 인간의 자유로움과 거기서 얻는 해방감을 누리며 목적과 의무, 현실과 실용에 구속된 우리의 정신과 삶의 현장을 다시 바라보며 새로운 세계를 꿈꾸고 더 나은 미래를 향해 나아가도록 환하게 열어놓는다. 역사가 이 쓸모없음의 쓸모를 실현하는 역설의 진실화 과정이며 그 깨달음이 창의적 존재로서의 삶의 이상과 정신의 품위를 정향시킨다고 말하는 것은 지나친 인간주의적 오만일까. 〔2018. 7. 13.〕

금, 긋기와 지우기

백수린의 단편 「여름의 빌라」는 30대의 한국인 학자 아내가 은퇴한 독일인 학자 부인에게, 그러니까 사회적 삶의 테두리를 벗어난 노부부에게 학위를 갖고도 여전히 임용되지 못해 피곤한 나날을 치러야 하는 대학 강사 아내가 보내는 편지로 되어 있다. 잔잔한 슬픔과 분노를 아픈 마음으로 풀고 있는 이 '문지문학상' 수상작은 다시 읽는데도 여전히 내게 긴 울림을 주는 대목이 작품의 마지막에 나온다. 우연히 만나 깊이 사귀게 된 두 부부가 캄보디아 휴양지에서 며칠을 함께 지내는 어느 날, 해먹에서 낮잠을 자다 깬 화자는 독일인 손녀가 자기들 주변을 '자기 집'이라고 돌로 금을 긋는 것을 본다. 베를린 테러로 엄마를 잃어 할머니 손에서 자라는 어린 레오니는 원숭이와 어울려 있던 그곳 원주민 아이가 다가와 금 밖에 서 있는 걸 보자 문득 일어나 자기와 그 소년 사이에 그었던 금을 지우고는 소년 뒤쪽으로 다시 새롭게 선을 긋고 "집에 새 친구가 왔으니 더 좋아하겠지?"라며 반가워한다. 손가락을 쫙 펴 열 밤 자고 나면 엄마가 돌아온다고 믿는 어린 레오니가 낯선 원주민 아이를 '우리'의 금 안으로 끌어들인 감동적인 장면은 나에게 몇 가지 지난 일들을 회상시켰다.

20여 년 전 케냐의 해변도시 몸바사에서 바다가 한없이 펼쳐져 보이는 호텔 모래밭의 긴 의자에 누워 호사를 즐기던 참에 눈에 들어온 것이 그 나라 원주민 소년들이었다. 그들은 보이지 않는 경계선 안으로 들어오지 않고 동냥을 바라며 우리를 부러운 눈초리로 바라보고 있었다. 나는 그런 그들을 보면서 그 남쪽 남아프리카의 아파르트헤이트를 떠올렸다. 그 몇 해 전, 해체되기 직전의 소련 모스크바에 갔을 때 한국학 교수 마주르 선생을 만나기로 약속했는데 나는 연락을 받고 호텔 문밖으로 나가 그분을 모시고 들어와야 했다. 소련의 대학 교수도 투숙객의 안내를 받아야 호텔 안으로 들어올 수 있었다. 그때 나는 당당한 공산주의 국가에서 당당한 학자가 경계선을 마음대로 못 넘는 공산당의 역설을 생각했다. 그 비슷한 기억은 더 멀지도 않게 바로 내 생애 속으로도 번져갔다. 해방되면서 초등생 시절의 '친일파', 중학생 시절의 '빨갱이', 사회생활 이후의 '일부 불순 지식인', 80년대의 '운동권' 그리고 근래의 '블랙리스트' 등 우리의 시대는 끊임없는 금 긋기의 연속이었다.

우리와 다른 것들을 금 밖으로 쫓아내기는 아마 인류가 고집한 불평등과 배제의 또 다른 역사의 측면이리라. 국가는 통치자와 귀족, 평민, 노예로 금을 그었고 종교는 불신자와 이교도, 이단으로 찢어 전쟁을 일으키고 파문하며 제거했다. 경제적 인간은 자본가와 노동자로 갈라 착취와 저항으로 대결시켰고 독재 권력은 그 비판자들을 반동과 역적으로 잡아들이고 자유로운 현대 학문조차 스노우의 『두 문화』에서 보듯 과학과 인문학의 상호 무지로 배척한다. 이 금 긋기와 몰아내기가 배제의 논리이다. 몸 안의 병통을 수술가위로 절제하듯, 우리 안의 불순한 것들을 잘라내는 배제는 그 명분을 정의, 도덕, 전통이란 미명으로 자행되었다. 16세기, 적어도 8천 명 이상의 생명을 화형한 서구의 마녀사냥은 신의 이름으로 이루어졌고, 우리의 1970년대 숱한 열정과 정의감은 '유신'의 명분으로 수배, 고문, 수감으로 고통당했다. 이제도 애국, 이념 혹은 도덕을 앞세워 매국, 반동, 괴물로 금 긋고 매장하며 혹은 뛰어난 성취들을 잘라내고 있다. 몽고메리와 치롯 공저의 『현대의 탄생』은 그 현대화에 반동하는 세력으로 파시즘과 기독교 근본주의, 이슬람의 과격주의를 지적한다. 소녀 레오니는 성인 세계의 이 같은 경직된 편 가르기에 오염되지 않고 더 넓고 크게 새 금을 그어 피부색 다른 원주민과 원숭이까지 '우리 편'으로 끌어들인다. 이 어린이는 다름이 틀림과 다르다는 순정한 생각으로 살아 있는 타자들을 하나로 묶어 '포용의 논리'로 싸안는다.

나는 한 세대 전 민중문학론이 팽배할 때 「문학과 민중」이란 글을 보고 안타까워한 적이 있다. 그 글의 필자는 우리 문학에서의 '민중적' 작가 작품들의 역사를 고찰하면서 그들 속에 잠긴 '비민중적' 요소를 지적하여 제외시키고 있었다. 가령 김수영의 시에서 자유에의 열망과 혁명에의 기대를 평가하면서도 도시적이고 소시민적이기에 제외되어야 하고 신동엽은 총체적 시대사적 전망을 보이고 있음에도 그의 소박함, 감상성 때문에 미흡하다는 것이다. 그 글을 보며, 나라면, 하고 아쉬워한 것은 그 논리를 뒤집어, 김수영은 도시적 소시민적임에도 그의 자유에의 열망과 혁명에의 기대를 끌어안아 민중문학의 정열을 북돋웠고 신동엽은 소박함, 감상성의 약점에도 불구하고 총체적 시대적 전망을 보임으로써 민중 시학의 가능성을 확대했다는 해석으로 민중문학의 맥락 안에 포용하고 싶었던 것이다. 그렇게 뒤집어 금을 새로 그어보면 민중문학의 외연은 넓어지고 내포는 다양해질 것이다. 논리의 정예화는 시각의 투명성을 겨냥하고 있지만, 자기가 그은 금 밖의 것을 배제함으로써 정작 역사와 실체는 사라지고 새삼 "진정한 민중문학은 이제 새롭게 시작할 때다"라고 선언해야 했다. 배제와 포용의 논리가 극명한 세계사적 대조를 보인 것은 2차 세계대전 즈음의 독일과 미국의 경우로서, 우생학적 순혈주의자 히틀러는 인류사에서 유대인을 말살하려 홀로코스트를 자행했고 이민들로 건국한 미국은 반유대주의로 쫓겨난 숱한 난민들과 함께 들어온 2천명 이상의 고급한 두뇌를 받아들였다. 그 결과는 독일의 참담한 패전과 미국의 최강대국 비약이었다.

나는 최근 마이클 셔머의 『도덕의 궤적』을 보면서 과학과 이성이 인간의 역사에서 미몽과 부도덕을 지우며 진리와 인식을 확장해왔다는 사실을 확인할 수 있었다. 셔머는 "수만 년 동안의 인류를 묘사하기에 도덕적 퇴보만큼 적절한 표현은 없고 셀 수 없이 많은 사람이 그 결과로 고통받았다. 하지만 500년 전에 중대한 일이 일어났다. 과학혁명이 이성과 계몽의 시대를 초래했고 그것이 모든 것을 바꾸었다." 과학혁명은 사상혁명과 종교혁명을 통해 이성과 진실로 세계를 새로이 인식하고 무지와 편협의 전근대적 어둠을 밝히며 관용과 이해의 눈을 열어 세상을 자유와 평등의 세계로 진전시켰다. 계몽과 지성, 자유와 인식의 근대적 사유는 인종주의, 국가주의, 이념주의, 계급주의, 몽매주의 그리고 종교, 윤리, 우생학, 혹은 벌/파/색(閥派色), 성/직/위(性職位)의 별의별 배타적 논리들을 지우고 고쳐 유적(類的) 존재로서의 사람들 간의 공감의 진화를 추구해왔다. 인간의 역사는 아마도 에고센트리즘에서 벗어나 타자 포용의 인식론적 확산을 향한 느린 진보의 기록이리라.

「여름의 빌라」에서 레오니가 순진한 마음으로 '우리'의 폭을 넓히고 있음을 묘사하면서 작가는 "긴 세월의 폭력 탓에 무너져 내린 사원의 잔해 위로 거대한 뿌리를 내린 채 수백 년 동안 자라고 있다는 나무, 그 나무를 보면서 나는 결국 세계를 지속하게 하는 것은 폭력과 증오가 아니라 삶에 가까운 것일지도 모른다고 생각을 하게 되었단다"는 독일 노부인의 편지 구절을 읽어준다. 아마도 '자유롭고 평등하고 아름다운'이란 수식어로 받쳐주어야 할 그 '인간적 삶'이란 금기와 무지, 몽매와 편협이 빚는 '배제의 논리'로부터 이해와 관용, 연대와 제휴의 '포용의 논리'로 살 만한 세상을 향한 진화한 모습을 가리킬 것이다. 이럴 때에야 과학의 발전은 그 진의를 얻을 것이고 인간은 이성의 정당성을 자부할 수 있을 것이다.

〔2018. 9. 7.〕

‘과학의 세기’와 그 불안

20년 전쯤의 나는 새로운 세기로 들어가는 것을 매우 두려워했다. ‘서기 2000년’은 단순히 1999에 그저 숫자 하나 늘어나는 것이 아니라 네 개의 숫자가 일시에 바뀌는 것대로의 ‘인류사의 획기’로 생각되었고 이 연호에 숨은 디지털 세계와 생명공학의 혁신에 아득한 두려움을 안고 있었다. “생명을 설계하는 의학”과 “물질을 설계하는 공학”은 인간의 역사를 호모 사피엔스에서 ‘메카니쿠스 사피엔스’로 재편성할 것이었다. 디지털 세계는 물리적 공간을 재구성하면서 이진법의 심리구조로 아날로그적 사유를 밀쳐낼 것이고 생명공학은 인간을 피조물의 존재에서 생명의 디자이너로 위상 전환을 이룸으로써 사물계와 생명계의 인식에 전개될 패러다임적 세계 전환을 감당할 수 없겠다는 생각이 들었던 것이다. 그럼에도 21세기는 왔고 나도 물론 그 시대로의 편입을 피할 수 없었다. 그리고 평범한 장삼이사처럼 그 두려운 시대 속에서 어차피 조금씩 적응하게 마련이었고 조금씩 새 세기를 오히려 다행으로 여기며 즐기게까지 되었다. 휴대폰을 경멸하던 내게 스마트폰이 이제 한시도 손에서 떼어놓지 못할 신기한 필수품이 되면서 이용은 제대로 못 하지만 디지털 기기를 어느 사이 몸 가까이 익혀가게 되었다. 21세기야말로 '과학의 세기'임에 이의 없이 동의하면서, 가이아 빈스가 『인류세의 모험』으로 지질학 연대를 새로 설정하는 것에 수긍하는 것도 그래서다.

그럼에도 이 새로운 세기에 여전히 승복할 수 없는 것은, 그것이 너무나 편의적이기에, 너무나 풍요로운 것이기에 오히려 디지털 '신'으로서의 새로운 우상에 대한 두려움이 스멀거리며 일어나는 듯해서였다. 15세기 구텐베르크의 인쇄기 발명이 정보와 사유의 언어를 종이에 박아 시간적 공간적 한계를 넘어 시대와 세계를 하나의 전망으로 열면서 종교, 과학, 사상, 예술의 '혁명'을 불러들였다. 18세기에는 자연의 힘을 인간의 에너지로 전용한 산업혁명을 통해 인간에게 발전과 풍요의 개념을 안겨준다. 그로부터 3세기도 지나지 않아 문자를 디지털 기호로 전환하고 속도와 크기, 범용과 활용을 극도로 증폭하면서, 기계로 제품을 만들던 단계에서 기계가 기계를 발명하는 자기 증식의 새 기술 지평이 열렸고 가상현실을 우리 눈앞에 내보여주었다. 오늘의 이 변혁의 소용돌이에 대해 『생각의 역사』를 추적한 석학 피터 왓슨은 『컨버전스』(집중)의 힘으로 평가하고 이언 골딘과 쿠타나는 '집단적 천재성'으로 '제2의 르네상스'를 이룰 『발견의 시대』를 기대한다.

미적분도 이해하지 못하는 과학 문맹인 내가 이런 말을 하는 것은 기사도 이야기만 읽다가 노망 들린 돈키호테 같은 짓이지만, 『발견의 시대』가 인용한, "인간사를 주의 깊게 관찰하면 한 가지 불편함이 해소되고 필연적으로 다른 불편함이 나타난다"라는 마키아벨리의 지적에 동의하면서, 과학의 세기에 대한 찬탄 뒤에서 어른거리는 불안을 고백하지 않을 수 없게 된다. 이미 선진국 단계에 들어섰다고 자부하는 우리나라가 자살률이 가장 높고 산아율은 바닥을 헤맨다는 사실이 가장 가난한 나라 부탄의 행복지수가 가장 높다는 역설과 대조되는 참에, "웹 창시자가 구글, 페이스북 등 괴물을 낳았다고 자책했다"는 어깃장 기사(『한겨레』, 10월 2일 자)를 읽은 까닭도 덧붙였다.

과학과 기술이 분리되지 않고 함께 붙어다니면서 오늘의 세계는 자연과 인간의 구조와 인과관계를 구명하는 과학과 거기서 태어나 그 스스로 더 크게 성장한 공학 기술로써 사람들과 사회들에게 엄청난 편의와 풍요를 안겨주었다. 그런데 과학자의 수가 1980년까지의 세계사에 적힌 과학자들의 총수보다 많아진 이제, 과학 연구와 기술 발전은 연필과 종이만 가지고 상대성 이론을 계산한 아인슈타인의 시대와 달리, 집단 연구를 통해, 그것도 국가, 기업, 재단, 대학의 적극적인 재정 지원으로 이루어지고 이론은 곧장 상품으로 실용화하여 새로운 제품과 수단을 만들어 인간의 부로 축적된다. 나는 이 과학의 실용화 구조에 대해 20여 년 전 '자본과학복합체'란 이름으로 들여다보았지만, 과학 연구와 신기술 개발의 박력 속에서 '혁신'을 외치는 정치인들의 요구대로 '일자리 늘리기'가 가능할 것인지, 그 근원적 모순을 해소할 방법이 있을지에 비관적이다.

혁신은 분명 과학기술이 만드는 새로운 발명과 서비스이

고 그 목적은 풍요한 삶과 함께 필연적으로 자본의 노동 절약 효과를 증진하는 데서 이루어진다. 새로운 발명이 새로운 노동력을 창출한다는 슘페터의 '창조적 파괴'론이 위안을 주기는 하지만 그 효과는 아마 산업시대의 것이고 디지털 융합의 4차 산업혁명기에는 그 양상이 달라질 것이다. 뭐라고 말해도 자본의 기대는 이윤의 증가이고 그 가장 확실한 방법은 마르크스의 논리대로 노동비용의 최소화에 있다. 둘러볼수록, 인간의 풍요는 노동력을 절감한 과학기술의 발전 덕분이고 자본-과학 복합체 구조에서 그 실현이 가장 분명하게 보증되었다. 어떻든 기술 발전은 노동비용 절약으로 향한다. 1990년 디트로이트의 3대 기업 시가 총액은 360억 달러이고 실리콘밸리의 3대 기업 시가 총액은 11조 달러로 30배가 되지만 그 고용직원 수는 120만 명과 15만 명의 엄청난 격차를 보인다. 과학기술을 업은 자본의 효율성을 노동은 결코 감당해낼 수가 없다. 그런데 일자리의 증가? 그것은 거의 형용모순으로 보일 정도로 산업과 서비스업의 근본적 재편성 없이는 고려되기 어렵다.

디지털 과학은 아날로그 시대의 기계와 달리 그 기술 하나가 또 다른 새 기술을 만들고 범용화하여 새로운 생산과 발명을 이루는 자기 증식 능력을 갖는다. 내가 '무어의 법칙'에 따른 기술의 기하급수적 발전과 인간 사회의 산술급수적 성장과의 괴리가 심각한 문제가 되리라고 생각한 '기술적 맬서스 비관론'은 거기서 비롯된 것이다. 자본/노동 간의 이 격차는 계층 간의 불평등을 심화할 뿐 아니라 선후진의 국가적 격차를 더욱 확대한다. 세계의 최하위 국가와 최상위 국가들의 평균 실질소득은 1990년 이래 똑같이 30퍼센트 증가했지만 그 실제금액은 270달러에서 350달러, 3만 5천 달러에서 4만 4천 달러로 현금에서 80달러 대 9천 달러의 의외로 큰 대조를 보인다. 한 세대 전 리프킨의 『노동의 종말』이 예측한 대로 지중해와 멕시코 국경에서 '풍요의 섬'처럼 폐쇄적인 선진부국을 향해 후진국 노동자들이 '난민'이 되어 이주 취업을 위해 벌이는 안타까운 곡경을 보면 '부익부 빈익빈'의 세계자본주의 구조적 악화에 과학기술의 책임이 의외로 무겁다는 사실을 깨닫는다.

나는 과학으로 성취된 풍요가 인간의 행복을 보장해준다고 믿지 않는다. 헉슬리의 『멋진 신세계』가 '소마'를 배급해주듯이 기술문명과 그 편의들이 우리에게 즐거움과 안락을 쥐여주겠지만 그것이 곧 행복을 안겨주는 것은 아니다. 불행감은 대부분 상대적 불평등에서 일어난다. 게다가 "인간의 세계는 의미의 세계이며 인간의 의미는 과학으로 제대로 포착될 수 없다"는 철학자 스크루턴의 말에서 과학 발전의 오메가가 무엇일까의 근원적인 질문이 제기된다. 과학은 그 출발에서 탈인간화의 속성을 가지고 있고 인간의 정서는 과학의 공리처럼 순진하지 않다. 더구나 기후 온난화, 자원 소모, 인구 증가, 무엇보다 더욱 심화된 빈부 격차라는, 그 자신 때문에 비롯된 지구적 문제들이 21세기의 뜨거운 감자로 놓여 있다. 이 점에서 과학은 그 자신이 만든 문제들을 해결하겠다고 서로 싸우는 정치와 닮았다. 21세기 과학은 어쩌면 '초과학적 과학'의 인문학적 지향으로 '과학의 세기'를 책임져야 할지도 모른다. 〔2018. 11. 2.〕

지나간 세기에의 미련

사학자 홉스봄은 20세기를 1914년에서 시작하여 1990년에 끝난 '짧은 세기'로 규정한다. 마르크스주의 학자답게 제국주의의 모순으로 '벨 에포크'가 파탄하고 1차 세계대전이 발발하며 러시아혁명의 성공으로 새로운 세기가 시작되고 그 소련이 해체되고 독일이 통일을 이룬 시기에 20세기가 마감된 것으로 보는 것이다. 나도 그 규정에는 동의하면서도, 세계가 새로운 과학의 시대로 전환하면서 어쩌면 그 영향으로 소련 체제의 붕괴까지 몰려 왔을지도 모른다는 세기 전환기에 대한 의견을 덧붙이고 싶다. 이 시기에 인터넷의 개발과 게놈 연구로 과학기술의 진전 내용이 근본적으로 달라져

문명의 발전과 지향이 디지털과 생명공학 쪽으로 비약한다. 홉스봄은 19세기를 산업혁명과 프랑스혁명이 일어난 1780년대부터 1차 세계대전의 1910년대까지 130년으로 보았기 때문에 그의 20세기는 '긴 19세기'보다 50년이 짧다.

그 짧음에도 불구하고 20세기의 역사는 풍성하면서 복잡했다. 두 차례의 세계대전과 세 차례의 국제전적 내전이 벌어졌으며 거대 이념을 추구하는 소련과 중국의 체제혁명, 대규모의 기아와 공황이 일어나고, 선후진 사회의 격차가 심화되었다. 연필과 종이로 상대성 이론을 계산하면서 원자탄을 제조한 인간들은 마침내 우주 여행의 첫걸음으로 달을 밟았다. 인공두뇌가 발명되고 생명 디자인이 가능해졌고 가상현실이 만들어졌다. 각 권 1,300쪽에 이르는 피터 왓슨의 두 권짜리 『생각의 역사』의 첫 권은 5만 년 전의 말의 사용부터 19세기까지의 인간 지식 발전의 역사를 서술하지만 2권은 1900년대 한 세기 동안의 발전에 할당했다. 1백 년으로 5만 년의 역사와 맞장 뜨는 뜨거운 '압축 성장'의 20세기는 세계대전과 혁명으로 받아야 했던 전반기의 고통을 보상하듯 후반기는 '인류사의 낭만 시대'로 평가받을 만큼 희망에 찼다. 자원 규모와 세계 인구 간에 균형 잡힌 지속 가능한 시대로 평가되었고 세계의 반 가까운 나라들이 식민 착취로부터 해방을 얻었으며 큰 전쟁은 없었다. 이렇게 20세기는 홉스봄이 이른 바의 '극단의 시대'였다. 온전한 20세기적 인물인 사학자 이사야 벌린(1909~1997)은 그의 평생에서 가장 놀라운 일은 "그 공포 속에서도 그렇게 평화롭게, 그렇게 행복하게 살아남았다는 사실"(『생각의 역사 II』)이라고 회고했다.

벌린보다 30년 늦게 태어나 어쩌면 그의 나이만큼 살게 될 수도 있을 나도 그의 고백에 공감하는 것은 생애의 8할이 속한 20세기 동안 내 또래가 겪어온 삶이 그 비슷하게 기구한 곡선을 그은 때문이다. 일제 말기에 태어나 해방되던 해 초등학교 첫 학년에 일본말과 우리말을 잇달아 배운 나의 세대는 분단과 6·25전쟁, 남북 대치와 반공주의, 4·19와 5·16, 유신과 민주, 5·18과 6·29의 잇단 대결과 갈등에 속박당하면서 경제성장과 자유민주주의의 역동적인 성장을 누릴 수 있었다. 그 역사의 무게 속에서 우리는 세계의 선진 반열에 오르며 민족주의에서 세계주의로 미끄러져 옮아가는 세태에 적응했다. 생애 대부분을 이처럼 20세기 토양에 적시며 살아왔기에 나는 컴퓨터며 스마트 문명이 지닌 풍요와 편의를 즐기면서도 전날의 버릇을 버리지 못한다. 워드로 글을 쓰고 메일로 소식을 전하면서도 여전히 종이책을 읽고 신문을 보며 SNS는 못 쓰는 이중문명의 복합성으로 내 감수성을 유지한다. 물론 새 문명을 맛볼 기회를 얻은 행운을 고마워하면서도 그 때문에 기억해두어야 할 새로운 방식에는 여전히 미숙하고 어벙해서 구식의 방법이 아쉬워진다. 60년대의 서울 광화문 거리를 그리워하듯 전 시대의 볼펜문화를 그리워하는 것이다.

새 세기로 들면서 나는 '21세기가 물려받은 것'이라는 힘겨운 문제를 가벼운 소감으로 쓴 적이 있다. 새로운 시대가 앞 세기로부터 받은 선물이 무엇일까 짚어보면서 주목한 지난 세기의 정신적 유산은 인간의 권리에 대한 존중, 인류의 발전을 위한 협력, 미래를 향한 기획 등 세 가지였다. 첫번째 평가는 인간과 인간의 권리에 대한 보편적 공감과 평등을 향한 노력에 대한 감사이다. 원주민의 착취와 홀로코스트에 대한 반성으로부터 식민 국가들의 해방, 유색 인종들의 형평주의, 이념과 종교로부터의 자유, 여성과 성소수자의 인정, 약자와 소수파의 권리 존중 등 모두에게 평등한 권리를 보장해야 한다는 뜨거운 인식들이 범세계적인 민권운동으로 보편화하며 실천적으로 전개되었다. 그것은 인간의 인간다운 세상을 만들기 위한 인류의 자각을 보여준다.

20세기의 두번째 선물은 이 같은 인류의 불평등과 모순을 극복하고 공동으로 마주치는 위기에 대항하는 국가 간, 시민사회들 간의 연대였다. 1차 세계대전 후의 국제연맹 실패를 반면교사로 삼은 2차 세계대전 후의 국제연합은 국제적 지역적 분쟁 해결에 노력하면서 유네스코를 통해 교육, 환경과 문화 보존을 위해 공동 협력한다. 유럽연합이 실현되고 국제적십자사, 올림픽위원회 같은 범세계적 기구로부터 '그린피스' '국경없는의사회' 등 시민연대에 이르는 비정부 간의 숱한 조직들은 서로 겯고 도우며 세상을 보다 더 살 만한 자리로 만드는 데 협력한다. 인류사에서 처음 보는 국제 간의 멋진 연대다.

세번째 지혜는 미래를 향한 기획과 그 의지의 실천이다. 레닌의 경제개발 5개년 계획에서 시작된 미래의 전략적 기획은 우리나라에서도 큰 힘을 발휘했거니와 국가 간, 지역 간, 분야 간의 미래 발전을 향한 노력의 예를 보여주었다. 미래는 오는 대로 맞는 것이 아니라 인간 의지로 변용시켜야 할 가능성의 시간이며 예측과 계획, 실천으로 구현되는 미래인 것이다. 이는 5년, 10년 혹은 30년이란 자연의 시간을 인간이 조작할 인간의 시간으로 주체화하여 실천함으로써 목표에 다다르는 시간이다. 그것은 종말론적 운명론으로부터의 극복이며 해방이다.

앞 세기가 만들어준 인류사적 덕성과 지혜에도 불구하고 21세기의 두 10년대는 오히려 참담했다. 전대미문의 9·11 테러로 새로운 세기의 문을 연 이후 세계는 크고 작은 종교적, 정치적, 인종적, 지역적 충돌들로 시끄럽고, 방자한 '아메리카 퍼스트'와 영국의 브렉시트, 극우 보수주의의 부활, 기후조약 등 미래를 위한 기획의 유예, 취업이민과 난민들 앞에 세운 살벌한 차단벽 등에서 아름다운 휴머니즘의 파열음들이 잇달아 터지고 있다. 과학은 특이점으로 달리는데 정치는 사납게 서로 부딪고 지성은 자유로운데 이해관계는 폭력적이다. 20세기 지식인들이 품었던 '신념의 존중'은 21세기의 '타산의 기술'로 타락하고 우애는 혐오로 반전되었다. 문명은 발전하고 생활은 편해지고 부는 풍족해졌지만 디지털 세대의 내면은 각박하고 상대적 빈곤감은 더 심각해지며 격차들은 더욱 벌어진다. 아, 세월호와, 잇달은 젊은 생명들의 무참한 희생들! 토크빌의 "문명은 기적을 낳지만 문명인은 거의 야만인으로 돌아간다"란 말은 2세기가 지난 이제 오히려 실감나고 있다.

최정호 박사의 〈미래학회 50년, 대한민국 100년〉 기념사는 두 세대 동안의 대한민국 역사를 '미래가 기승을 떨던 1960~70년대' '현재가 기승부린 1980~90년대' '과거가 기승부린 2000년대'로 회고하면서 맥 헤일의 한마디를 옮긴다: "과거의 미래는 미래에 있고/ 현재의 미래는 과거에 있고/ 미래의 미래는 현재에 있다." 모든 미래는 미래와 과거, 현재에 분점되고 인류사의 책임과 가능성은 그 모두에 서로 얽혀 상호 의존의 인과를 이룬다는 뜻일 게다. 그것이 자연으로 태어난 아날로그의 두뇌로 아마도 인류사에서 최상의 지혜를 쌓아올린 지난 세기에의 미련을 내가 버리지 못하는 이유이다. 어차피 산수(傘壽)의 구세대, 세밀의 늙고 낡은 정서가 문득 거창하면서 외로워진다. 〔2018. 12. 28.〕

한갓진 글쟁이의 다행

시간에 대한 갖가지 지식들을 모은 데만트의 『시간의 탄생』에서 "나는 문장을 먹는다, 하지만 그 의미를 모른다. 책은 나의 집이지만 난 무식자이다. 나는 뮤즈들을 먹었지만 아무것도 얻지 못했다. (나는 뭐게?)"의 대목을 보고 실소했다. 4세기 로마 시대의 이 수수께끼 답은 '책벌레'다. 은유로든 직유로든 내가 바로 그 허망한 책벌레임을 깨달으면서 자조하지 않을 수 없었던 것이다. 신문사 문화부 기자로 사회생활을 시작하면서부터 나는 책 언저리에서 50년 넘게 살아왔다. 도서 담당기자, 출판사 편집자, 발행인이 내 직업이었고 문학비평가, 문필가가 내 행세였으며 다른 활동이나 운동은 못 하면서 책으로 평생의 거의를 보내온 독자였다. 그런데 이 수수께끼의 비아냥처럼 아는 것도 얻은 것도 없었고 사상가는 물론 학자도 못 되고 책장사, 혹은 다행스럽게 본다면 '글쟁이'로 한갓지게 살아온 것이다.

얼마 전 묵은 글들을 정리하다 「나는 왜 기자로 남아 있는가」란 45년 전의 내 글을 발견했다. 유신의 억압이 지식사회에 가해지면서 적잖은 기자들을 정부의 대변인으로 끌어들이는 한편 비판적인 '일부 지식인들'을 탄압하는, 권력이 미끼와 망치로 지식인들에게 노골적으로 유혹과 견제의 양면작전을 쓰기 시작하던 때였다. 언론에 대한 젊은 자부심을 가지고 있던 나는 기자의 자리를 지킴으로써 지식사회에 대한 비열한 정책을 증언하고 싶다는 속내를 드러낸 글이었다. 그 글은 일반인에게는 그리 눈에 뜨이지 않는 『대학신문』에 기고한 것인데 나도 모르는 사이 일본 시사주간지 『세계주보』(1974년 6월 4일 자)에 「고뇌하는 한국 언론계」란 해설과 함께 번역 게재되었다. 신문사를 출입하는 '남산' 기관원이 다방에서 차를 마시며 점잖게 내게 그 경위를 묻는 것으로 끝날 수밖에 없었던 것은 그 글이 권력을 공격한 것이 아니라 권력 앞에서 기자로서의 무력과 아세(阿世)를 탄식하고 있었기 때문이었다. 어떻든 그 글을 쓰고 한 해가 못 되어 나는 신문사에서 해직되어야 했다.

그즈음 나는 권력과 지식인 간의 관계에 대해 예민했고 '지식인'과 '지성인'을 구별하며 정치적 권력에서 독립적인 지식인의 태도와 처세에 대해 자주 따져보았다. 나는 정치학과 출신임에도 정치에 무관하게 지낸 것을 다행스레 여겼고 그럼에도 "펜은 칼보다 강하다"는 말을 순진하게 믿지도 않았다. 실제로 건달 유방이 한(漢)의 건국황제가 될 수 있었던 것은 장량 등 현신 덕분이었고 한량 유비도 제갈공명이 없었다면 삼국지의 3걸에 끼지 못했을 것이다. 홍성원의 중편 「무사와 악사」는 지식인을 통치자의 거동 앞에서 피리를 불며 권력자의 위세를 높여주는 악사로 비유했다. 내가 살아오는 동안에 본 것도 권력과 지식사회의 대결에서 지식인들이 언제나 옳았던 것은 아니었고 오히려 지식인의 여론이 편협한 경우가 많았다. 그 대표적인 것이 반세기 전의 고속도로 건설과 한글 전용, 20년 전의 문화개방에 대한 지식집단과 예술계의 비판이었다.

대통령이 경부고속도로 건설을 발표했을 때 대부분의 여론들은 그 도로를 이용할 물량도 차량도 없이 막대한 경비를 들여 국토를 휘젓는 공사를 벌인다는 것은 어불성설이라고 반대한 것은 당연했다. 그러나 공급이 수요를 창출한다는 말이 여기에 적중했다. 경부 간의 큰길이 뚫리면서 이용자들의 편의가 대폭 늘었을 뿐 아니라 물류 소통이 원활해졌고 자동차 산업, 이어 철강업이 불끈 일어나면서 오늘의 한국 경제의 고속도로가 놓이게 되었다. 한글 전용은 1950년대에 이승만 대통령이 제안했지만 학계 교육계와 정계조차 비판적이어서 단념했던 것을 10여 년 후 중고등 교육과정에서 한자 교육 제한으로 우회해 강행되었다. 4·19세대로 자부한 나도 한자를 시용하지 못함으로써 올 지적 손실을 들어 비판했지만 그럼에도 한글 전용은 계간지와 월간지 『뿌리깊은 나무』에서 슬그머니 번지기 시작했고 1980년대 말에는 일반 잡지와 단행본으로, 90년대에는 일간 신문까지 한글 전용으로 거대한 문화적 변혁을 불러왔다. 글줄도 내리닫이에서 가로쓰기를 이끌어온 한글 전용은 권력의 강요도, 지식인들의 고집도, 독자들의 주문도 없이 소리 없는 추세로 진행되었다. 한자 교육을 받지 않은 요즘 번역자들이 옮긴 글들이 한문을 배운 일어 세대의 번역서보다 훨씬 부드럽고 우리말다운 문체로 읽히게 된 이 변화는 지식인들의 논리가 이른바 부드러운 문화적 트렌드로 녹아든 때문이다. 우리 문자생활에서 컴퓨터 수용이 용이했던 것은 이 덕분이 컸을 것이다.

또 다른 의외의 사태는 새 세기에 들면서 한일 간의 문화 개방 시점에서 매우 인상적으로 전개되었다. 일본 문화의 수용을 허용하는 이 정책에 대해 영화인들을 비롯한 숱한 문화인들의 저항이 뜨거웠다. 그러나 그 결과는 일본을 기점으로 출발한, 드라마와 영화, 팝송과 패션의 '한류 문화의 국제화'였다. 위기에 부닥친 우리 예술계가 국력의 증가를 업고 창의의 열정을 피워낸 덕분이리라. 현안에 대한 지식인의 논리적 예측이 빗나가고 '정주영 공법'처럼 고착된 틀을 깬 지도자의 상상력이 학자들의 사유 틀을 뛰어넘은 것이다. 권력이 지식인들보다 강한 것은 반드시 칼의 위협 때문이 아니고 많은 경우 지식인들의 비좁은 소견 탓이기도 했다. 홉스봄은 『20세기 역사』에서 "경제적 성패와 경제이론가들의 탁월성 사이에는 눈에 띄는 상호관계가 존재하지 않는다"며 각주에서 "『미국경제평론』지에 인용된 한국이나 일본의 경제학자들은 몇 명이나 되는가?"라고 묻는다.

오래전의 내 글들을 훑으며 그래도 내 생애가 한갓진 글쟁이로 주춤거려온 것이 다행이었다고 고마워하는 나를 깨닫는다. 그것은 내 30대에 '왜 기자로 남아 있는가'의 자문을 연장한 자기 확인이기도 하다. 덕분에 나는 품위 없는 정치인도, 자칫 시비에 걸릴 공무원 노릇도, 경쟁에 시달릴 경제인도 피할(정말은, 못할) 수 있었다. 나의 사회생활은 기자생활처럼 현장의 바깥에서 관찰하고 평가하기를 버릇해왔다. '글쟁이'라는 무해무득한(내가 너무 자학하는가?) 문필업은 타인과 사회를 비판하면서도 그 책임을 지지 않아도 되는 참으로 편한 직종이다. 그럼에도 그 '쓸모없는 쓸모' 덕분에 우리나라가 문화적으로만이 아니라 경제적 · 학문적 발전이 상당히 촉진되었다는 사실을 개닫는다. 우리는 4 · 19로부터 몇 차례의 변혁을 통해 대학생과 교수, 작가와 문필가, 학자와 예술가, 종교인과 언론인 등 지식인의 범주에 들 인사들의 노력과 희생으로 민주화와 평등의 미덕을 향해 나아갈 수 있었고 나는 좁은 시선과 거친 문장으로나마 그 의미 깊은 진전을 증언할 수 있었다.

근래 이런저런 지식의 역사들을 보면서 인류사가 무지를 깨우쳐 몽매로부터 벗어나는 과정을 볼 수 있었다. 밭은 눈앞에서는 지식인들이 자주 패배했지만 먼 눈으로는 지식인들이 힘들여 연 길을 따랐다. 말과 문자의 발명에서 시작된 인류 문화는 '축의 시대'에 자기 성찰을 통해 인간의 덕성을 깨쳤고 르네상스 이후의 과학과 인문학은 천동설의 인간 중심적 아집과 근본주의적 맹신으로부터 해방을 얻었다. 이제 인류의 도전적 시도가 무한 우주의 경계로 날고 나노의 미시 세계로 깊어지는 가운데 자유와 평등의 일상화로 삶은 의미화되고 있다. 이런 세계를 바라보고 배우며 그 감동을 드러내는 자유지식인의 자리가 얼마나 뿌듯한 것인가. 비록 한갓진 자리에서, 그리고 볼품없는 사유로나마 그 형이상의 높이와 실제의 착잡한 세상을 바라보며 혼자라도 그 긴장을 즐길 수 있는 일은 다른 이들이 넘보아도 아까움이 없는 공익 자유재로 향유될 만한 것이다. 나는 왜 기자로 남았는가란 괴로운 질문을 던지던 젊은 시절의 자학을 넘어 이제 정치적 자유와 경제적 풍요, 문화적 호사를 관찰하며 플라톤이 제일 좋은 자리로 친 관중석을 노년의 특권으로 즐겨도 용서받을 수 있으리라. 〔2019. 2. 22.〕

4·19세대의 시효

사회학과생의 "학우들이여, 우리 친구들이 광화문에서 당하고 있다. 나가자!"란 외침을 앞세우고 일군의 학생들이 교문을 박차고 뛰쳐나간 후, 라일락이 화사하게 꽃피운 교정은 차라리 교교했다. 멀찍이 맞은편 벤치에는 여학생 두어 명이 조용히 소곤거리고 있었고 나는 무겁고 우울한 기분에 젖어 멀거니 하늘을 바라보고 있었다. 59년 전의 4월 19일 오전 10시 즈음. 드디어 나는 버스를 버리고 걸어서 돈암동 숙소로 돌아와 몸과 마음이 혼곤에 빠졌고 그날 저녁 라디오에서 중1 때 내 앞줄에 앉았던 사범대생 친구가 총탄에 숨졌다는 뉴스를 들었다(발표 50년 만에 비로소 단행본으로 상자된

정영현의 『꽃과 제물』은 이 시위 장면들을 실감나게 중계해준다). 5년 후 신문사 입사 시험에서 그날 왜 데모에 참여하지 않았느냐라는 면접관 질문에 나는 동숭동 캠퍼스로 가는 중 혜화동 로터리에서 시위에 참여하고 돌아오는 동성고 학생들이 한바탕 놀이를 치른 듯 해롱거리던 장면을 회상하고, 혁명이란 이렇게 우스개처럼이 아니라 보다 엄숙하게 정색하고 와야 한다는 생각 때문이었다고 대답했다.

그 후의 나는 거대한 역사란 그처럼 장엄한 모습이 아니라 오히려 우스꽝스런 모습으로 절뚝거리며 찾아온다는 사실을 깨달았다. 프랑스대혁명이 바스티유 감옥을 깨뜨렸을 때 죄수는 불과 일곱이었다는 것, 샌프란시스코의 길바닥에서 노숙자로 뒹굴던 히피들이 68혁명의 전조가 되었음을 알았던 것이다. 우연을 가장한 필연은 그렇게 올 것이었다. 내가 '대중문화의 우상'들을 내세워 1970년대의 청년문화론을 편 것은 그 깨우침에서였고, 데모에 참여하지 않았음에도 스스로를 당당한 '4·19세대'로 자부한 것도 그래서였다. 실제로 우리는 자기 세대의 정체성을 자부해도 좋을 한글 전용 첫 세대였고, 김현의 말대로 일본어로 먼저 말하고 우리말로 번역해 쓰던 선배들과 달리 "우리말로 공부하고 우리 글로 읽고 쓰는" 기표와 기의가 일치한 언어생활을 한 최초의 모국어 세대였다.

더구나 그들은 경제개발의 주역이 되면서 한국의 근대화와 산업화의 주축 세력이 되었다. 5·16은 일본어 세대가 일으켰지만 그들이 내세운 성장과 공업화의 실제는 60년대에 입사한 한글 세대가 그 역군이 되었다. 유학과 취업으로, 파병과 이민으로 미국과 독일로, 월남과 중동으로, 섬과 같은 반도의 울타리를 벗어나 세계로 향했고 근면과 열정으로 후진의 농업 경제를 벗어나 이론과 기술을 연마하고 자본을 축적해 공업화를 추진하며 우리 사회의 근대화를 주도했다. 이 경제 성장에 힘입어 중산층이 형성되고 4·19의 기치였던 자유민주주의의 주축일 시민계층이 성숙했다. 5·18과 6·29를 밟고 마침내 1990년대의 문민정부가 수립되면서 사상의 강압 통제는 해제되고 정치적 민주화와 경제적 성장을 이루며 4·19세대는 '조국 근대화'의 주력이 되었다.

우리 또래는 이렇게 해서 한글—민주화—산업화'의 3중의 과제를 실천한 '4·19세대'라는, 한국 현대사에서 가장 화려한 시호를 얻는다. 미완의 학생혁명을 통해 이 세대는 보이지 않는 거대한 심리적 진화도 이루었다. 미래와 세계에 대한 자신감 획득이었다. 이전의 우리 역사는 동학농민혁명 다음에는 주권 상실, 일제로부터의 해방과 함께 분단과 전쟁 등 미증유의 비극을 당함으로써 큰 사태 후 더 큰 비극을 맞는다는 시대변화의 불행감에 짓눌려왔다. 그러나 4·19세대는 자신들의 행동으로 구세대의 정권을 쓰러뜨리는 데 성공하고 그 자신감으로 낙관적이고 성취 지향의 역동적인 전망을 얻어냈다. 미지의 미래와 불안의 세계에 대해 비로소 자신감을 일굴 수 있었던 것이다. 더구나 이 세대는 한국전쟁이 요구한 희생을 피할 수 있었고 운동권 세대들의 수난을 비켜갈 수 있는 행운까지 가졌다. 고백한 바 있지만, 나는 부모 세대들의 노고로 대학교육을 받았고 후배들의 열정 덕분에 사유의 자유를 누릴 수 있었다.

이 한글—민주화—산업화 세대의 행운과 자부심은 그러나 그들이 은퇴해야 할 1990년대로 들면서 시효가 다하고 있었다. 반세기 동안의 역사 발전은 압축 성장을 통해 100달러를 밑돌던 국민소득이 3만 달러를 넘어섰고 마이카족의 아파트문화가 대세를 이루었다. 가난한 후진국으로 자학하던 우리는 아득한 마음으로 부러워하던 선진국들과 어느새 어깨를 겨누며 반도체와 중공업, 정보력과 스마트화를 진작

시켰다. 대학로 시궁창 냇물을 센강으로 부르던 가난한 감성은 '한류' 붐을 타고 드라마, 영화, 패션, 스포츠, 음식 등 대중문화를 넘어 고급 예술 전반으로 번지고 있다. 이제 한국은 경제, 문화, 생활에 이르기까지 선진 사회에 꿀릴 것 없는 세계 10위권의 대국이 되었다.

풍요의 사회에 이르면서 기성의 인식과 전망, 기존의 태도와 가치관이 근본적으로 변하지 않을 수 없게 된 것이다. 소통은 문자에서 이미지로, 문화는 아날로그 시스템에서 디지털 문명으로, 사회는 다양하고 탈위계적으로, 세계는 가상현실로 대체되고 있었다. 젊은 시절의 뜨겁던 민족주의는 세계화로, 자랑스런 단일민족은 다민족 포용으로, 인문주의는 과학주의로, 3차 산업은 6차 산업을 이끌 4차 산업혁명으로 새 경지를 일구며 옮겨가고 있다. 소련의 해체, 독일의 통일과 함께 우리의 완고한 반공주의도 한반도 평화 체제 지향으로 진전했다. 2차 세계대전 이후 반 세대를 인류의 낭만시대로 여기던 세계는 이제 근본부터 변한, 달리 인식하고 이해하고 수용해야 할 새로운 패러다임으로 바뀐 것이다. 밀레니엄 세대 청년들의 모습은 산업세대와 달리, 『더 나은 미래는 쉽게 오지 않는다』의 요르겐 랜더스가 말하듯 "더 많은 소통, 자유주의적이고 진보적인 의제들에 대한 더 많은 지지, 더 많은 유연성, 공동체 중시, 더 영적인 성향"으로 변하고 있다.

이에 이르러 스스로 자부해오던 '4·19세대의 시효'가 다하고 있음을 깨닫지 않을 수 없다. 자식에게 컴퓨터를 배우고 손자로부터 스마트폰 용법을 익혀야 하는, 인류사에서 처음으로 교육의 역류를 경험하면서 과거의 성취를 내세워 호령하는 내 또래들의 '세월 모르는' 완매함이 불편해진다. 60년 전의 자부심 높던 세대가 자존심을 앞세워 반성 없이 여전한 주역으로 착각하고 전날의 반공주의와 성장주의에 물려 여전히 그 위세를 휘두르며 21세기 젊은이들에게 호령하려 든다면 빈 수레의 헛소리로 그 시끄럼만 크게 울릴 것이다. 4·19세대로 자부해오던 나도 이제 아들 세대에게 귀 기울이고 손자 세대에게 손 내밀어 그 새 세대들의 새로운 도전을 돕고 그 후견 역할로 자족하는 것이 마땅할 것이다. 아니, 이제 나부터 물러나 입 다물고, 달라진 세계를 다시 바라봐야 할 것을! 〔2019. 4. 26.〕

역사에의 관용

내 생애 동안 진행된 우리 사회의 폭발적인 변화에 감격을 스스로 드러내놓고 자부한 바 잦았지만, 세계사에서도 유례를 보기 힘든 그 성장의 역사가 우리에게 어떻게 가능했는지의 자문에는 마땅한 답을 찾지 못했다. 이양하 선생이 꼽은 '은근과 끈기'가 우선 떠오르고 우리 땅을 둘러본 외국인들이 눈 씻고 다시 바라보는 열정과 창의 정신도 꼽히며 오바마 대통령이 거푸 부러워한 한국인의 교육열에 동의하기도 했지만, 그 끈기와 열정 그리고 교육이 다른 후진국보다 왜 우리에게 더 강하게 작동했는지 그 최종 심급의 원인으로는 쉬 수긍되지 않았다. 그런 참에 영국 사학자 홉스봄의 『극단의 시대』에서 1차 세계대전은 러시아와 합스부르크의 제국을 해체했고 2차 세계대전은 서구 제국주의가 소유한 곳곳의 식민지들을 해방시켰다는 설명을 읽었다. 그렇구나! 그렇다면 한국사에서 가장 처참했던 한국전쟁은? 여기서 내게 '그라운드 제로의 의지'가 짚였다.

6·25에 대한 내 회상은 바로 그 전쟁 벽두부터 시작된다. 초등학교 6학년에 오른 지 몇 주 안 된 1950년 6월의 마지막 일요일, 내가 자란 지방도시의 중심가에서 "외출 중인 국군 장병 여러분, 어서 귀대하십시요"라며 마이크로 외치는 지프차 방송을 들었다. 반동 계급에도 속하지 못한 우리 부모님은 오직 전쟁을 피하겠다는 심정으로, 현명하게, 멀찍이 부산으로 피난했다. 덕분에 나는 인민군을 보지도, 폭격소리를 듣지도 못한 채 외려 초량 밤바다 외국 원조선들의 휘황한 불빛들을 환상처럼 바라보았다. 석달 후의 10월, 기차 지붕에 실려 사흘 만에 내린 대전의 정거장에서 보인 건 멀리 산자락까지 질펀하게 펼쳐진 벌건 폐허였다. 밝아오는 새벽빛에 어스름히 드러나는 시내는 여지없이 부서지고 깨진 황무지였고 시청 등 두어 건물만 덩그러니 서 있어 그 황폐가 더욱 살벌하고 적막했다. 어른이 되어 배운 '그라운드

제로'의 현장이었다.

"잘못된 장소에 잘못된 시기에 일어난 잘못된 전쟁"이란 브래들리 장군의 말대로 가장 후진된 한반도에 선진 이념들인 자본/공산주의의 모순이 폭발한 그 전쟁으로 한국은 사상 가장 거대한 파괴와 절망을 당해야 했다. 생존과 생산의 자리는 거의 깨지고 인력들은 전쟁에 투입되었다. 입을 것도, 먹을 것도 없어 지나가는 양키 옷깃을 잡고 '헤이, 초콜렛 기브 미'라고 구걸하는 붉은 손 빈주먹이었다. 그 적수공권이야말로 폭탄으로 아무런 삶의 건더기도 없는 '영점지대'에 남은 유일한 자산이었다. 그 파산 속에서 사람들은 북에서 남으로 이리저리 하릴없이 떠다녔고 그와 함께 전통의 가치관과 기존의 사회 구조가 근본적으로 무너졌다. 서기원의 『암사지도』는 기성 윤리가 허망하게 무너지는 것을, 홍성원의 대하소설 『남과 북』은 노비가 지주의 딸과 결혼하는 이야기를 통해 전통적인 사회 위계와 신분 붕괴를, 곧 기성 도덕과 사회구조의 파탄을 보여주고 있다.

남극에서는 어느 쪽으로 가든 그 모두가 북을 향하고 있다. 가진 것 하나 없는 한반도의 국민들이 그 '그라운드 제로'에서 찾아 쓰는 그 모두가 삶을 위한 방법과 수단이었다.

땅을 파든 부서진 토막을 꿰맞추든, 주은 물건을 팔든 그 모두는 우리의 삶을 연명하는 생존의 방식이었다. 염치며 체면은 사치였고 정의며 예의는 뒷일이었다. 무엇보다 먹고 가지고 만들고 챙겨야 했다. 천민상업주의가 일어나고 우골탑의 대학이 섰다. 그리고 겨우 두 세대, 우리나라는 인구가 세 배 느는 사이 소득을 3백 배로 키우고 세계 10위권의 경제 대국으로 발전하여 우리를 피식민의 숙명으로 치부한 일본과 경쟁하며, 더없이 가난한 나라로 후원해온 미국의 대통령으로부터 견제당하는 나라가 되었다. 이렇게 2차 세계대전 후 신생국가로서 유일하게 후진국을 지원하는 선진국으로 비약할 수 있었던 것은 '영점지대'에서 단련된 의지로 강제해온 '압축 성장' 때문이었다.

숨찬 시간과 장면들을 돌아보는 내 눈이 멈춘 곳은 '성장' 앞의 그 '압축'이었다. 그 '빨리빨리'를 위해 우리는 얼마나 배를 주리고 걸음을 재촉했던가. 정치적 독재가 압박했고 경제적 왜곡이 자행되고 사회적 불균형이 심화되었다. 그럼에도 우리는 성장으로 풍요를 성취했다. 그 풍요는 강요와 압박, 부정과 부패의 패러독스였다. 국회 인사 청문회 자리에 선 고위 인사들의 과거는 투기, 위조, 부정으로 얼룩진 혐의들이 쌓인 이력들이었다. 뒤집어 크게 보면, 우리 사회를 발전시킨 힘은, 그것들이 없으면 무능하게 여겨질 바로 그 불법, 불의들 때문은 아니었을까, 성장은 부정에서 힘을 얻었기에 역동적일 수 있었고 발전은 부도덕에서 자양을 쌓았던 것은 아닐까. 서구 자본주의처럼 불의를 자산으로 하여 형성되고 그 불의의 일상화가 우리의 압축 성장을 가능케 했던 것이 아닐까. 이 반전의 해석은 정의와 성취, 악덕과 풍요의 역설적 역사 전개를 관대함으로 돌이켜보게 했다.

둘러보면, 세상에 불의와 죄 없는 나라의 역사가 어디 있겠는가. 서구 기독교 국가들도 세계 곳곳의 유색인종 나라들을 식민지로 착취하여 선진국으로 성장했고, 자유를 찾아 이민한 신앙인들이 만든 미국도 원주민들의 축출과 아프리카인들의 노예로 세계 최대의 부국이 되지 않았는가. 내가 한 신문과의 인터뷰에서 말한 '역사에의 관용'이란 생각에 미친 것은 그래서였다. 선악의 도덕을 기초로 판단은 엄격하되 평가는 보다 큰눈으로 헤아려야 할 일이었다. 자수성가 후 넉넉한 웃음으로 지난날의 고생을 회고하는 대범함이랄까. 부채도 자산이라는데, 과거의 수치와 고통도 역사의 자산이 되고 지난날의 고난과 잘못도 오늘의 성취를 위한 몸

부림일 수 있다. 이렇게 이루어진 발전이라면, 그 때문에 쌓인 불법과 불의의 청산도 단칼에 무 자르듯 결코 쉬 처단되지 않으리라. 성장이 통증으로 이루어지고 모순의 축적에서 성장이 성취된 때문이다. 흑인 해방이 링컨에서 킹까지 한 세기가 걸리듯, 우리 압축의 역사에 더불었던 적폐의 청산도 그처럼 긴 개과와 천선의 시간을 요구할 것이다.

이럴 즈음 아들의 페이스북에 인용된 중국 반체제 인사의 한마디를 읽었다: "증오는 지혜와 양심이 아니다. 적대적인 감정은 국가의 영혼을 오염시키고 야만적인 삶으로 악화시키고 사회의 관용과 인간성을 파괴한다. 또 국가가 자유와 민주를 향해 나아가는 것을 방해한다." 이 대목을 들은 시인 마종기는 자기 시 「고아의 정의」 한 대목을 보냈다: "세상에는 정의보다 훨씬 굵은 것이 있지/ 세상에는 정의보다 훨씬 밝은 것이 있지/ 정의보다 훨씬 높고, 맑고, 따뜻한 것이 있지." 이때 내가 떠올린 것은 불의에의 즉각적인 보복에 앞선, 만델라가 아파르트헤이트의 폐기를 선포하며 다짐한 "용서하라 그리고 잊지 마라"는 톨레랑스였다. 혐오에서 증오로 살벌해지는 시대에, 아아, 역사에의 품위 있는 관용을!

〔2019. 6. 21.〕

전범국의 자기기만

내 오랜 기억 중의 하나는 초등학교 1학년 여름방학의 어느 날 꽤 많은 어른이 낯선 깃발을 들고 행진하며 만세를 외치는 함성의 행렬이었다. 그 시위의 뜻을 깨달은 것은 새 학기가 되면서였다. 등사판으로 급히 만들어졌을 교재를 놓고 우리말로 수업을 받으면서, 나는 지난 학기 무심코 쓴 조선말 한마디 때문에 뺨 맞은 이유를 비로소 알게 되었다. 해방이 되었고 독립한 것이었으며 내 이름을 찾고 우리말로 공부하며 훗날의 김현의 말대로 기표와 기의가 같은 글쓰기를 할 수 있었던 첫 '한글 세대'가 된 것이었다. 나는 조금 알던 일본말도 곧 잊었고 반일 교육을 받으면서 저절로 일본에 대한 관심도 희미해졌다.

10년 전쯤 한국 문학을 번역 소개하는 데 힘을 기울이시던 재일교표 문학인 안우식 선생님이 일본 문학비평가 한 분을 소개했다. 신후네 가이사부로(新船海三郎) 씨는 한국의 문예 동향에 이어 한일합병 1세기에 관한 내 의견을 듣고 귀국 후 자신의 소감을 엮은 글을 발표(『季論』 8호, 2010년 4월)했다. '36년간의 수난이 있었기에 지금이 있다'라는 제목의 글을 번역으로 읽다가 문득 "이야기를 듣다 말고 하마터면 탄성을 지를 뻔했다"라는 구절을 만났다. 우리가 일본 식민지가 되어 제도가 바뀌고 새로운 문명의 설비가 이루어졌다는 내 말을 듣자, 의외의 답변에 놀라 그의 표정이 환해지던 기억이 회상되었다. 내 대답을 그리 바꾸지 않은 그의 글은 내 어조가 바뀌고 있음도 바로 이해했다. 일본이 조선 땅에 새로운 제도와 문명을 들여온 것은 물론 한국인을 위한 것이 아니라 일본의 효율적인 식민 경영을 위해서였다고 나는 강조했을 것이다. 보다 많은 식량을 가져가기 위해 척식회사를 만들고 그 관리를 위해 최소한의 교육을 한 것이다. 그의 글에 인용된 예는 교육에 대한 내 소견이었다. '일본 문부성은 한반도에 근대교육을 실시했으나 한글 교육은 전면적으로 말살했다. 민족 정체성을 허용치 않는 교육을 한 것이다.' 일본인은 한반도의 근대화 정책을 시혜로 생각하는데 그것은 은혜가 아니라 식민통치의 기법과 착취의 효율성 제고를 위한 시책이란 내 지적을 그는 부인도 못 했지만 수긍하고 싶지도 않았던 것 같다.

재레드 다이아몬드의 『대변동: 위기, 선택, 변화』의 294쪽에는 독일 『슈피겔』지의 표지 사진이 전재된다. 1970년 12월 서독 브란트 수상이 무릎 꿇고 속죄의 묵념을 드리는 모습이다. 이 사진 밑에 "현대 독일사의 결정적인 순간. 서독 총리 빌리 브란트는 폴란드 바르샤바의 게토를 방문했을 때 무릎을 꿇고 나치의 전쟁 범죄를 인정하며 폴란드 사람들에게 용서를 구했다"란 설명이 붙었다. 그리고 같은 쪽 본문에서 다이아몬드는 "바르샤바 게토에서 무릎을 꿇은 브란트의 행동은 가해국의 지도자가 큰 고통을 당한 피해국의 국민에게 보낸 진심 어린 사과로 여기기에 충분했다. 미국 대통령이 베트남 국민에게, 일본 총리가 한국인과 중국인에게, 스탈린이 폴란드인과 우크라이나인에게, 드골이 알제리인에게 무릎을 꿇고 사과한 적이 있었던가?"라고 묻는다. 『총,균,쇠』로 세계적 베스트셀러를 낸 바 있는 다이아몬드는 올해 간행되고 우리에게도 번역된 이 책에서는 미국 등 다른 여러 나라와 함께 일본을 대상으로 그들 근대화의 역사와 그 와중에 부닥친 위기를 어떻게 인식하고 극복했는가의 문제를 다루면서 일본을 여러 차례 비판한다. 가령 독일이 "강제수용소를 견학하는 등 국가적 차원에서 직시하는 현상을 당연하게 여기며 과거에 대한 부끄러움 없이 속죄하는" 것과 달리 "일본은 과거의 전쟁 범죄에 대해 아이들에게 가르치지 않는다는 것"을 지적하면서 "1910년 한국을 합병했고 한국 학교에서 한국어보다 일본어를 사용하도록 지시했다. 따라서 35년의 강점기에 한국 학교는 일본어로 가르쳐야 했다. 일본은 한국인 여성과 다른 국적의 여성에게 일본 병사들을 위한 성 노예로 일하도록 강요했고 한국인 남성은 일본군대에서 사실상 노예 노동자로 일했"음을 분명하게 짚고 있다.

"일본의 역사 시간에는 2차 세계대전을 거의 다루지 않"음을 밝힌 다이아몬드는 "독일은 나치의 과거를 인정함으로써 이웃 국가인 폴란드, 프랑스와 원만하고 정직한 관계를 회복할 수 있었다. 이런 점에서도 한국과 중국에 보여준 일본의 태도는 사뭇 달랐다"고 지적하면서 "하시모토는 중국이나 한국이 일본 지도자에게 원하는 사과를 하지 않았다. [……] 사과한다는 것은 결국 자신들의 과거에 악한 짓을 저질렀다는 걸 인정하는 것이다"라는 싱가포르 리콴요의 말도 옮긴다. 세계 3위의 경제부국인 일본과 4위인 독일이 2차 세계대전의 같은 전범국이지만 두 나라의 오늘의 위세에서 일본이 좀스런 소국근성을 못 벗어난 이유가 여기 있을 것이다. 다이아몬드는 일본이 속죄를 모른다는 것, 과거의 잘못을 인식하거나 사과하지 못한다는 것, 현실적으로 냉정하게 판단하지 않고 부인으로 일관하고 있다는 것 등의 태도가 '일본의 미래를 어둡게 만드는 요인'이 된다고 짚는다. 일본은 더 나아가 태평양전쟁을 일으킴으로써 자초한 원폭 공격을 받고 항복했는데 그것을 빌미로 스스로를 원폭 피해자로 강변함으로써 2차 세계대전의 전범이란 혐의를 피하고 있다. 이 자기기만에 대해 최정호 선생이 여러 차례 강경하게 비판했지만 다이아몬드도 "일본은 원자폭탄으로 큰 피해를 입었다는 자기연민에 허우적댈 뿐 원자폭탄이 떨어지지 않았다면 더 참혹한 사태가 벌어졌을 가능성에 대해서는 솔직히 논의조차 하지 않는다"며 "이 태도는 한국이나 중국과의 관계 회복에 악영향을 미치고 이는 결국 일본에 큰 부담이

될 것"으로 내다본다.

우리는 국권을 상실한 역사를 향해 3·1운동으로 민족적 각성을 하고 분단과 전쟁, 정치경제적 후진 상태로 뒤처진 후 4·19와 5·16, 5·18과 6·29로써 통절한 자기비판을 가했다. 그러나 일본은 식민과 전범의 죄과를 '원폭 피해자'로 역사의 신분 세탁을 하면서 잘못을 과거에 묻고 그 반성 없이 속죄의 절차를 건너뛰었다. 그들로부터 피해와 수치를 당해온 우리가 몇 차례의 시민사회적 치열한 참회 과정으로 과거를 극복하는 동안 그들은 자기기만으로 자신들의 죄업을 증거하는 '평화의 소녀상'마저 전시장에서 철거하는 반문화적 반지성적 폭거까지 저질렀다. 같은 문화권의 인접국에 치욕을 가한 제국주의의 정신사적 속죄 없이 그들은 죄악의 역사를 당당한 경제대국의 위세로 호도한 것이다. 역사의 성찰은 과거의 극복을 위한 고회이고 현재의 확인을 위한 고심이며 미래의 선택을 위한 고민이다. 그 역사 인식 행위는 호모 사피엔스로서 가장 정직하고 지적인 행위이다. 다이아몬드가 바라본 일본의 위기는 분명 그 몰역사성일 것이다.

〔2019. 8. 16.〕

문화문자로서의 한글

내키는 대로 읽은 근래의 책들 가운데 내가 참 훌륭한 저작으로 꼽고 싶은 것이 고세훈의 『조지 오웰』과 전치형·홍성욱 공저의 『미래는 오지 않는다』이다. '지식인에 관한 한 보고서'란 부제가 달린 『조지 오웰』은 내가 『1984년』과 『동물농장』을 번역하고 『조지 오웰과 1984년』을 편역했으면서도 정작 그의 에세이를 읽지 않아 사회주의자이면서도 반공주의자였던 오웰의 정치 사상을 이해하지 못한 내 무지를 크게 깨우쳐주었다. '과학기술은 어떻게 미래를 독점하는가'라는 질문을 부제로 붙인 『미래는 오지 않는다』는 미국의 과학기술 미래학자들의 환상적인 전망과 유럽 학자들의 비관적 회의 사이에서 혼란에 젖는 내 독학자다운 인식을 잘 정리해주었다. 그런데 이 두 책을 읽으며 다시 받은 느낌은 우리 연구자나 출판 편집자들의 수준이 매우 높아져 우리 저서들이 외국 번역서들에 비해 결코 떨어지지 않는다는 새삼스런 평가였다. 내가 출판계에서 일하던 30년 전만 해도 전문 연구와 대중독자를 연결해줄 중간 필자가 드물었고 과학 분야 저자가 없다시피 했었다. 그런데 어느 사이 내 선입감을 지워줄 좋은 책들이 마구 쏟아져 나온 것이다. 이 반가운 소감에 이어, 시월의 다채로운 한글날 행사들을 보며 다시 떠올린 것이지만, 깊은 전공 연구든 희귀한 주제 소개든 이 책들이 모두 한글 전용으로 표기되고 있다는 묵은 사실들의 새삼스런 발견이다. 내가 감탄한 앞의 책들을 포함해 오늘의 우리 도서들은 그 주제든 수준이든 가림 없이 한자 혼용은 고사하고 괄호 속 한자 병용도 없이 한글 전용으로 표기되고 있다. 한글은 이미 한 세대 앞서 식자층이 인정하기 두려워한 한글의 문화문자 단계에 벌써 올랐고 깊은 형이상학적 사유나 까다로운 과학적 용어도 한글로 충분히 소통하고 있었다. 고등문자로서의 한글의 위상을 나는 확인한 것이다.

문자로서의 한글의 우수성은 이미 국제적인 공인을 받았

다. 지인으로부터 온 한 카톡에 의하면 일본문자가 표기할 수 있는 음이 4백, 한자가 표기할 수 있는 것이 5백인 데 비해 한글이 적을 수 있는 소리가 무려 1만 2천 개가 된다고 했다. 일본의 디자이너 연구자 노마 히데키는 『한글의 탄생』을 통해 한글 자형의 과학적 조형성을 극찬하며 세계적인 '보물'로 찬탄한 바 있다. 많은 사람이 한글을 학교에서 제대로 배우기 전에 이미 읽어낼 수 있을 정도로, 한글은 소리와 글자 모양의 연상 관계를 뛰어나게 구현했다. 조선조 시대의 서민과 아녀자들이 제대로 교육받지 않고도 언문을 쓰고 소통할 수 있었던 것도 그 덕이었을 것이다. 내가 세종대왕을 뛰어난 통치자임을 넘어 천재적 인물로 존경하는 것은 이 표음문자에 대한 착상 때문이다. 비록 '훈민정음'이라 하여 무지한 백성들을 가르치기 위한 글자라고 했지만, 한자라는 표의문자가 세상을 다스리는 중화문화 세계에서 어떻게 표음문자로 기록과 사용 방법을 만들 착상을 할 수 있었는지, 시대를 초월한 상상력에 찬탄하지 않을 수 없었다. 이 표음문자를 개발하기 위해 집현전의 젊은 학자들이 중국을 들락거리며 서역 문자까지 연구하고 그 성과들로 훈민정음을 창제했다지만, 15세기의 통치자가 20세기의 기호학자 소쉬르가 제시한 '기표'와 '기의'의 분간을 통해 표의문자 시대에 표음문자 제작을 지휘했던 것은 천재적인 발상이었다.

무식한 백성과 아녀자들을 위한 문자가 오늘의 문명문자로 발전하기까지 6백 년이 걸렸다는 데 안타까움이 서리지만 그 긴 과정을 우리의 무거운 역사가 내리누르고 있어왔다는 점에 우리 문자의 정치사적 의미는 더욱 강조되어야 할 것이다. 훈민정음 반포에 대한 최만리의 즉각적인 반대는 단순히 정음의 부정일 뿐 아니라 우리가 젖어온 중화체제의 억압이었고 한문만을 문명으로 간주한 지식(양반권력)사회의 통제였다. 그럼에도 궁중과 양반의 귀부인들과 서민들의 언문 사용은 표음문자로서의 우리글이 지닌 표기력과 소통력을 증거한다. 19세기 서구 기독교가 들어오면서 성서를 우리 언문으로 옮기고 서민들의 '육전소설'이 유통한 것은 우리 현대문학이 한글로 성장할 토대를 마련해주었다. 『독닙신문』의 한글판 지면을 만들고 '언문'에 '한글'이란 아름다운 이름을 붙여준 주시경 선생은 세종대왕 이후의 우리글 중시조가 될 것이다(그런데 그의 전기는 60년 전의 김윤경의 짧은 기록밖에 안 보인다). 그의 제자들이 식민 통치에 저항하며 한글 보존이 우리 민족 정체성 확보라는 믿음 속에서 우리말과 글의 문법 구성, 표준어 사정, 사전 편찬 작업에 진력했고 일본은 민족의 말살을 위해 우리말 사용과 한글 교육을 금지했고 조선어학학회 사건으로 한글학자들을 투옥했다. 문자의 기원에 한글처럼 분명한 역사를 가진 경우도 드물고 정치적 문화적 억압을 숱해 받으면서도 버텨내 오히려 당당한 문화문자로 성장한 일은 아마 유일할 것이다.

해방 후 남북의 정부는 아주 자연스럽게 한글을 공영문자로 선택했다. 그러나 북은 즉각 한글 전용을 시행한 데 반해 남은 교과서 외의 도서 잡지 신문은 한글-한자 혼용을 택해 왔다. 한글이 형이상학이나 현대 문명을 서술하는 데 미숙하고 문장-어휘 파악에 비효율적이란 기존의 관념이 작용했기 때문이었다. 한글 세대가 등장하고 기성 사회로 편입된 1970년대 이후 한자 사용을 자제하고 가로쓰기를 한 계간지, 전공 논문과 저술에서 학술 용어를 한글로 옮겨 표기한 사학자 손보기, 철학자 이규호, 특히 표기뿐 아니라 어휘 자체까지 한글화를 유도하며 잡지 문장을 우리 말과 체로 쓴 한창기의 월간 『뿌리깊은나무』가 준 영향이 컸다. 이즈음부터 한글 전용은 일반 도서에 급격하게 퍼지고 마침내 이 추세에 완강하게 맞서던 신문마저 한글-홀로-쓰기와 가로쓰기의 혁명적인 문자체제 변혁을 받아들인다. 한 세대 동안 이루어진 이 거대한 문화적 변혁은 한글 상용에 따라 한자는 서구어에서의 라틴어처럼 저절로 어원의 자리로 후퇴하고 글소리에 말뜻이 따르도록, 그래서 한글을 관계사에서 실사로 높였다, 또 가령 '생' 대신 '삶'으로 개념어를 우리말로 바꾸고 동사 형용사에 '-기' '-ㅁ'으로 명사화하고 '혼밥'의 '혼'처럼 표음의 표의화 효과가 일구어졌다. 가로쓰기와 한글의 특성인 자모합성이 컴퓨터 프로토콜에 희한하게 어울려 문명문자로 더욱 비약하게 된다. 한자를 버리고 한글 전용과 가로쓰기로의 문화적 변혁은 거시 권력을 해체하며 진행된 민주화와 이념적 금기를 극복한 정치적 자유와 관련하여 문학사회학자 뤼시앵 골드만의 '상동관계'를 연상시킨다. 우리 문자문화와 정치문화의 관계도 이런 시각으로 다시 볼 수 있으리라. 〔2019. 10. 18.〕

세대론 수감

지난봄 내가 '4·19세대의 시효'에 대해 생각했던 것은 이미 여든 안팎에 이른 이 세대의 유효성을 반성하며 시대 변화에 따라 마땅히 이루어져야 할 세대 교체를 기대한 때문이었다. 그러나 그 기대가 새삼스러울 것도 없었다, 1960년의 학생혁명 세대들은 벌써 물러나 있고 문제는 다음의 '386세대'였다. 나보다 거의 30년 젊은 50대 한창의 연령층에 대한 논의가 근래의 내게 잇달아 다가온 것이다. 순서대로 적으면 조국 사태에 대한 찬반에서 세대론이 '진영론'으로 변하고 있다는 것, 이철승의 도발적인 저서 『불평등의 세대』가 386세대의 장기 권력 장악을 비판하고 있다는 것, 흐루쇼프 시절에 태어난 문화학자 알렉세이 유르착이 『모든 것은 영원했다, 사라지기 전까지는』에서 강고한 소비에트 체제가 어떻게 허물어졌는지를 세대문화의 변화로 분석하고 있던 것, 그리고 보수 신문이 "40대 리더가 세계를 바꾼다"는 제목으로 세계의 리더들이 40대로 젊어지고 있다는 기사를 1면 톱으로 다룬 후 20~30대의 대망론을 제기했던 점들이다. 좀 더 말하면 이렇다.

조국의 지지와 반대가 지난여름 이후 여러 주 동안 우리 사회에 가장 뜨거운 감자였는데 여론은 세대론보다 진영론으로 뜨겁게 번졌다. 조국 찬반 문제는 그가 가운데 자리한 80년대 운동권과 다른 세대와의 관점 차이가 아니라 같은 세대에서도 광화문 광장과 서초동 거리의 위치로 진지를 달리한 '관계의 자리'가 크게 작용했고 그 변화의 기본적 요인은 비슷한 연령층의 공통된 인식에서 형성되던 의견들이 이제 이해의 사슬을 같이한 진용의 갈라진 의지로 바뀌었다는 것에 있음을 가리킨다. 비슷한 세대 경험이 현실 집단의 이해로, 시대의 흐름이 관계의 사슬로 판단 기준이 옮겨갔음을 뜻한다. 세대란 역사의 단계적 흐름을 가리켜주지만 진영은 분열된 역사의 종단 양상을 보여주는 것이어서 시대와 현실의 인식이 상충될 경우가 많다. 정치에서는 정당이라는 제도화된 공적 집단이 있지만 진용은 사적인 파벌로 사유화된 관계이다. 논의가 진영론으로 옮겨가면 우리의 민주주의가 그만큼 경직, 후퇴한 것이다.

조국 사태를 둘러싸고 진영론이 전개되었다면 그것은 또 오늘의 사회를 주도하고 있는 386세대의 분열을 시사한다. 『불평등의 세대』에서 이철승은 이 세대를 "자본주의하 시민사회를 조직화한 첫 지식인 그룹"으로 규정하고 우리 정치를 군부 정권에서 시민 정권으로 민주화하면서 한국 경제를 선진 수준으로 이끌어온 주도 세력이 되었다고 평가한다. 그러나 "정치적 민주화 프로젝트를 통해 '평등의 가치'를 한국 사회에 전파한 첫 세대로, 그 자신은 동아시아적 위계문화를 여전히 체내화하고 있는 마지막 세대"임에도 "상층 리더들이 다른 세대에 돌아가야 할 몫을 더 가져갔기 때문"에 "세대 내 불평등이 세대 간 불평등보다 큰" 결과를 가져왔다고 지적한다. 게다가 "386세대는 20여 년의 장기집권을 거치며 현장의 급속한 변화와 혁신에 둔감해졌고 내부자 위주의 이해관계에 더 민감해지며 글로벌 기업 생태계의 변화를 감지하고 응전하는 감응력과 순발력이 뒤처지게" 되었다.

그래서 정치권력과 시장권력을 모두 장악한 386세대가 불평등을 악화시키고 있는가. "데이터는 '그렇다'라고 답한다"는 말로써 이 세대의 퇴장을 종용하고 있다.

소련의 전기공학도에서 미국 문화인류학자로 변신한 유르착의 『모든 것은 영원했다, 사라지기 전까지는』은 이념 혹은 주장이 강력한 세대가 어떻게 흐지부지 무너져갔는지 그 과정을 정밀하게 보여준다. 1960년에 태어난 저자는 소련의 강력한 이념 체제가 슬그머니 사라져가는 사태를 '하나의 역설'에서 발견한다. 서구가 68혁명을 치를 때 러시아도 "재즈, 라디오 방송, 패션, 영화, 언어, 록 음악 따위의 외국 문화 형식들이 소비에트 정부에 의해 비판받는 동시에 장려되고 공격받는 동시에 발전이 허용되었다는 사실"을 짚으면서 "레닌과 레드 제플린 양쪽에 열광하는 일은 모순되는 것이 아니"게 된 사회문화적 변화를 주목한다. 유르착의 이 관찰은 '통기타, 청바지, 생맥주'의 풍속적 개방 문화에서 정치적 자유를 소망한 1970년대 유신 초의 내 기대를 회상시켜주었다. 독일의 통일과 동구 세계의 해체를 잇달아 일으킨 고르바초프의 개방-민주화 물결도 그렇게 '하나의 역설'에서 출발했다. "소비에트연방의 극적인 몰락은 대부분의 소비에트 사람들이 전혀 예상하지 못한 뜻밖의 사태였지만, 막상 그런 일이 실제로 일어났다는 걸 깨닫자마자 자신들이 그 뜻밖의 변화를 사실상 준비해왔다는 사실을 함께 깨닫게 되었다는 역설이다."

세대 변화에 대한 수선스런 생각들이 오갈 때 마크롱 프랑스 대통령, 트뤼도 캐나다 수상을 내세우며 "40대 리더가 세계를 바꾼다"는 도발적인 기사가 정통보수 『동아일보』 1면 머리글(10월 16일 자)로 실리고 "양극화—부패정치에 지친 세계. 변혁 이끌 젊은 해결사 원하는"(5쪽) 그 실제들을 들었다. 그러고 보니 김영삼이 '40대 기수론'을 선언하며 김대중과 함께 세대교체를 요구한 것이 꼭 50년 전이었고 그것은 케네디와 오바마가 40대의 나이로 미국 대통령에 당선되던 시간 거리와 비슷하다. 그렇다면 우리 젊은 세대도 앞자리의 3이 5로 늘어난 86세대의 퇴진을 주장하며 밀레니엄 세대의 등장을 진지하게 제창(해야)할 때가 되었다. 우리나라는 해방 후 50년의 한국전쟁, 60년의 4·19, 70년의 유신, 80년의 5·18민주화운동, 90년대 초의 민간정부로 10년 마다 변혁을 치른 숨 가쁜 정치사 속에서 일어 세대, 한글 세대, 운동권 세대를 잇달아 키워왔다. 이제 우리는 새로운 밀레니엄 세대를 일으켜 문화와 정치, 환경과 세계의 변화에 대응할 준비를 할 때에 이른 것이다.

2000년대로 든 지 이미 20년이 되었다. 우리는 후진적 빈곤에서 선진적 성장사회로, 자본주의의 주변부에서 중심부 가까운 경제로, 남북 대결에서 한반도 평화체제 구축 단계로, 이념의 금기에서 전방위적 자유로, 아날로그적 사유에서 디지털 문명으로 모든 측면이 한 세대 전과 판이하게 달라졌다. 정치만이 오히려 진영 논리로 뒷걸음질할 뿐이다. 전 세기의 영국은 보수당의 처칠이 세계대전을 승전으로 이끌었음에도 전후 선거에서 노동당의 애틀리를 선택했다. 시대와 임무가 달라지면 그 지도자도 새 환경에 어울릴 새로운 인물 바뀌어야 한다는 것을 보여준 것이다. 역사에 기여한 86세대에 대한 대우도 충분했다, 이제 품위 있고 타협적인 디지털 네이티브로서 새로운 미래를 선취할 보다 젊은 40대 기수론이 선언된다면 나는 두손 들어 환영할 것이다.

〔2019. 12. 13.〕

2020년, 그 설운 설에 '다시'

늘 한가한 중에도 가장 한가한 시간에, 동네 단골 커피숍에 앉아 모카를 마시며 시원한 유리창 밖으로 광장과 거리를 바라본다. 설을 맞는 풍경이어서 사람들 오가는 걸음이 한가하고 차들도 바쁘지 않다. 건너편 상가들 위로 펼쳐진 하늘이 마치 늦가을처럼 푸르른 정경이다. 늙은 나이 하나 더 얹는다는 아쉬움을 되씹는데 문득 창밖 바로 앞길에 한 어린이가 깔깔거리는 웃음이 들리는 듯 밝은 얼굴로 다가온다. 옆에는 가벼운 짐을 든 젊은 엄마 아빠가 흐뭇한 표정으로 그 웃음을 감싼다. 이 정겨운 모습을 보며 얼핏 든 생각은 내가 아기 옹아리를 들은 적이 언제였던가였다. 그래, 나는 매주 친구들을 만나지만 그 모두가 내 또래의 늙은이들이고 젊은 목소리, 어린 울음을 들은 것은 참 오래전이었다는 사실을 깨닫는다. 2020년의 설이 안긴 내 설움은 여기서 시작되었다.

얼마 전 졸업생 한 명을 내보낸 서울의 한 초등학교가 폐교된다는 보도가 떠올랐다. 우리는 그 험한 6·25 전쟁 중에도 한 반 80명이 화판을 놓고 공부를 했다. 그 분잡스러움이 이제 얼마나 단출해졌는지, 그 급격한 변화를 보게 된 것이다. 그 변화는 잘살게 된 것이 이 세상 살 만한 곳이 못 된다는 판단을 낳고 자식 기르기를 피하는 쪽으로 반전된 데서 비롯된 이유가 클 것이다. 이런저런 탓을 말하며 아기 낳기를 피하는 우리 다음, 혹은 다음다음 세대의 당당한 주장을 우리가 부인하지 못하고 있는 것이다. 왜 우리 사회는 젊은 남자와 여자의 사랑을, 결혼을, 아기 낳기를 회피하게 만드는가. 그 사정을 말하는 자식들의 이유를 수긍하면서 종국에 이르는 우리 결론은 이제 자식 낳아 기르기 어려운 세상이 되었다는 것뿐이다. 생존의 경제적 수준은 높아졌지만 생활의 행복감은 줄어들고 삶의 번잡은 커졌는데 그 의미가 사라지고 말았다. 모든 생물이 오로지 번식을 위해 생애를 바치는데 만물의 영장인 인간은 어쩌다 생명의 존속을 단념하게 되었을까.

여기서 내 연상은 좀더 현실로 뻗친다. 교육받기 힘들어지고, 아니 그 교육이 불편해지고, 취업이 힘들어지고, 아니 그 취업이 불공정해지고, 자식 낳고 기르기 힘들어지고, 아니 그 낳고 기르기가 불평등해진 때문일 것이다. 그렇다면 잘살게 되었음에도 잘못 살고 있다는 판단은 어디서 비롯된 것일까. 편하지 못함, 공정치 못함, 정의롭지 못함이 이 사회의 모습이 된 탓이 아닐까. 다 같이 못 살 때는 살아내는 것만이 모두 함께하는 문제였지만 모두가 먹고 살 수 있을 때는 좀더 많이, 좀더 잘, 사는 것이 이웃에게 질투를 느끼고 불공평하다는 분노로 키워지게 마련이다. 갈등, 내가 대결보다 사회적으로 더 어려운 사태로 여기는 갈등의 심화가 좀-더-많이-가짐과 좀-덜-가짐이란 사회적 불공정에서 일어나고 있음이 떠오른다.

그러고 보니 20여 년 전 새로운 밀레니엄을 맞으며 내 나름으로 기대에 찼던 일이 허망해진다. 그때는 다행히 군정에서 민정으로 전환하면서 자유와 민주주의가 우리 일상생활과 내면 정서에 밝은 희망으로 젖어들기 시작하고 있었다. 경제도 활발했고 사회생활도 활달했으며 정치도 바람직한 방향으로 열리고 있었다. 국제 관계에서도 독일의 통일과 소비에트 해체로 냉전 체제가 무너지면서 세계에 대한 전망도 낙관적이었다. 인터넷이 보급되고 스마트폰이 개발되면서 삶의 살이가 편리하고 여유롭고 재미있기도 했다. 그 밝은 내일에의 기대 속에서 새로운 밀레니엄을 맞이했고 그 때문에 과학기술의 진보로 이루어질 미래를 환한 세상으로 바라볼 수 있었다. 인공지능으로 사람들은 더 지혜롭고 안락해질 것이며 생명공학으로 인간은 더 건강한 삶을 살 것이고 문화와 관광, 스포츠와 휴식으로 우리 일상은 더 즐거워질 것이다. 나는 이런 밝은 전망으로 그 새로운 여유 있는 삶을 누릴 젊은 세대를 부러워했다. 나 같은 '꼴통'의 아날로그 세대는 디지털 문화권 시대에 어울릴 수 없다는 지레 먹은 겁으로 직장도 물러나고 집도 신도시로 이사하고서는, 이 역동적인 변화를 관찰하고 싶었다.

그러고서 20년. 내 낙관은 그런데 뒤집히고 만다. 아까 내 우울을 지핀, 아기 낳기와 기르기의 회피에서 비롯해 여러 기대가 거꾸로 움직이고 있었다. 잘살게 되었는데 잘살기의 경쟁이 사회적 갈등을 심화했고 자기 성장을 위해 출산도 결혼도 단념함으로써 삶의 자연적인 단계들을 포기하고 오히려 혼자-살기, 홀로-죽기 판으로 졸아들고 있다. 노동자의 권리 획득에 성공한 세대는 그 권리의 유지를 위해 더 탐욕스러워지고 탄핵으로 집권한 세력은 "내 명을 거역했다"는 왕조 시대의 어투로 '정상의 비정상화' 행태를 저지르면서 자신들이 역사에 무엇을 범하고 있는지 모르고 있다. 남북관계는 거북해지고 미국은 '돈!'을 앞세우는 '미다스 아메리카나'가 되어 그들이 가장 크게 책임져야 할 기후협약을 거부하고 인류의 문화연대인 유네스코에서 이탈하는 무책임의 '자국 제일-우선주의' 추태를 보인다. 나는 너무 거칠게 지난 스무 해를 돌아보며 분명 잘못되거나 성급한 안목을 드러냈을 것이다. 그럼에도 내가 정녕 부정하기 어려운 것은 성장이 반드시 발전이 아니며 풍부가 풍요를 뜻하는 것이 아니고 그 발전과 풍요가 인간 행복의 지표가 되지 않는다는 것, 편리가 반드시 즐거움이 아니고 빠름은 오히려 두려움일 수 있고 개혁이 개선과 같지 않다는 것, 신념은 부끄러움을 모르고 권력은 정의를 버리며 문명이 공정함과 관계없고 진보가 평화를 괴롭힐 수 있다는 등의 것들이다. 그래서 희망은 실망을 불러오고 기대는 회의를 안고 있는 것이리라.

또 그렇기에, 실망이 희망으로, 비관이 낙관으로 반전될 가능성도 어쩔 수 없이 희미하게나마 바라게 된다. 시인 마종기가 봄에 낼 시집에 붙이겠다는 '마지막 시차 적응'이란 제목 앞에 내가 '다시'란 부사를 넣기를 바란 것은 이 같은 세상의 실망들에 대해 결코 버리고 싶지 않은 기대 때문이었다. 이제 나이 때문에 시를 더 쓰기 어렵겠다는 시인에게 '마지막'이란 단절의 말로 단념하기에 앞서 '다시'로 하여금, 절망을 유예하며 한 줄기 다시-삶의 희망을 갖자고 당부한 것이다. 그런 내 안타까운 희망 속에서 나는 이 세계가 아직은 더 살아볼 만한 세상으로, 결코 이것으로 끝내지 않고 싱싱하게, 이 세상-삶을 버텨내기를 바라고 있었다. 나는 아마도 '20'이 반복되는 서기의 연호처럼 '다시'란 한마디로 이 세상에 대한 절망을 벗어나고 싶은가 보았다. 아아, 한가로운 시선으로 잡힌 환한 세상에 문득 나는 서러움에 젖었던가.

〔2020. 2. 7.〕

'아름다운 시절'을 위하여

코로나19로 모두가 힘들어할 때 나는 메리 매콜리프의《벨 에포크(아름다운 시절)》3부작을 읽었다. 미국의 사학자가 쓴 책을 불문학자 최애리가 옮긴 이 책은 1870년 파리코뮌이 끝나면서부터 30년 후의 19세기 말까지, 그리고 20세기의 시작부터 1차 세계대전이 끝나는 1918년까지, 그로부터 10년 후 세계가 대공황으로 헤매기까지 모두 1천6백 쪽이 넘는 3부작이다. 제1권『벨 에포크, 아름다운 시대』는 마네와 모네, 졸라와 드뷔시가 고전주의를 정리하며 인상파 등 새로운 예술을 만들기 시작했던 이야기들, 제2권『새로운 세기의 예술가들』은 피카소, 스트라빈스키, 프루스트, 퀴리가 주역으로 20세기를 열어가던 역사이고 제3권 『파리는 언제나 축제』는 헤밍웨이, 샤넬, 만 레이, 르코르뷔지에가 만들기 시작한 현대의 문화적 삶을 점묘법으로 재현하고 있다.

세상은 수선스러운 가운데 역병을 피해 모인 중세 귀족들의 『데카메론』을 연상하며 한가롭게도 나는 한 세기 전의 파리 풍경을 통해 세계의 현대화 과정을 구경한 것이다. 대학 시절 어디에선가 보불전쟁 이후 1차 세계대전이 일어나기까지의 이 시절이 서구 열강이 가장 낙관적인 세계관을 펴던 시대였다는 대목을 읽은 기억이 떠오르면서 부르주아 사회와 제도, 의식과 실제가 익기 시작한 이 시절의 구체적인 삶과 문화는 어땠는지 자주 궁금히 여겨왔었다. 세기 전환에 걸친 이 40여 년의 서구는 전쟁도 없었고 식민지들에서 재물과 노동력을 마구 들여와 생활은 풍요롭고 과학은 발달하고 있었다. 그때 쌓인 모순이 결국 1차 세계대전을 폭발시켰겠지만 그 시대는 고전적 전통과 기존의 권위주의를 깨뜨리며 새로운 세계 인식과 현대적 전망을 열고 있었다. 다윈과 프로이트에 의해 인간의 존재와 존엄은 붕괴되고 아인슈타인은 뉴턴의 세계관을 바꾸었으며 이를 예고하듯 인상파 화가들은 미학의 목표를 전달에서 표현으로 바꾸고 위고와 졸라는 문학의 정치적 도전을 감행했으며 조이스와 프루스트는 소설을 '모험의 언어'로부터 '언어의 모험'으로 전복했다.

그렇다고 해서 그 시대를 살았던 사람들이 아름다웠던 것도, 아니 내 눈에는 그 시대 자체가 아름다웠던 것도 아니었다. 노동자들은 더 심해진 빈부 격차로 고통스러웠고 상류층은 한량이었으며 사랑은 으레 불륜이었고 예술가들은 부르주아의 푼돈을 바라며 작품을 만들어야 했다. 유대인 드레퓌스가 스파이로 몰려 유배되면서 프랑스 전국이 찬/반파로 갈려 싸웠고 드디어 인류사상 초유의 세계대전이 일어났다. 이 분방한 변화 속에서 그게 자유였는지, 창조였는지, 여자들의 치마는 짧아지고 남자들은 카레이스에 매혹되었으며 하늘에서 비행기가 날고 혁명 100주년을 맞아 에펠이 세운 강철탑은 파리의 경관을 해친다는 비난 속에서도 새로운 삶의 방식, 20세기 '에스프리 누보'의 낯선 풍경들을 펼쳐 보이고 있었다. 이렇게, 훗날 '아름다운 시절'로 부르게 될 혁신적 창조와 예술의 풍요가 가지각색의 행색으로 제멋대로 신명나게 피어나고 있었다.

파리의 문화 사회를 들여다보고 쓴 매콜리프의 서술에서 내가 발견한 것은 우선 문학, 미술, 음악, 연극, 무용, 건축에 패션과 요리까지 갖가지 미적인 것들이 함께 어울려 하나의 예술 사회 집단을 이루었다는 점이다. 졸라의 『나는 고발한다』가 정치인들을 밀치고 전면으로 나서 현실 참여를 한다거나 디아길레프의 공연에 피카소가 그림을 그리는 등 각 분야 예술가들의 교류, 월경, 합작은 으레 벌어지는 행사였다. 그 못지않은 일은 당대의 예술가들이 파리로 몰려들었다는 점이다. 스페인과 이탈리아, 러시아와 독일, 그리고 20세기에는 에즈라 파운드와 헤밍웨이 등 미국의 문인들이 프랑스의 수도로 모여들었다. 파리는 과연 불나방들을 불러들이는 '세계의 빛'이었다. 가난하면서도 낯가림 없는 예술가들의 방자한 어울림에서 현대 예술의 꽃들이 피어나고 있었다. 그들은 예술을 귀족계급에서 부르주아 것으로 하방했으며 모두가 즐길 대중예술로 시장화했다.

그 많은 일 가운데 내게 가장 '웃픈' 이야기의 하나로 다가온 것은 화가 모딜리아니다. 그는 그림 한 점을 팔고는 신이나 한턱 내겠다고 친구들을 집으로 초대했는데 그 손님들 중에는 그들의 단골 술집 '지붕위의황소' 주인도 끼어 있었다. 그를 본 모딜리아니는 갑자기 난감한 표정을 지었고 술집주인은 방 안을 쓱 훑더니 밖으로 휙 나가버렸다. 분위기가 좀

뒤숭숭하던 중에 나갔던 술집주인이 술병을 한 아름 안고 들어왔다. "여기 술잔, 스푼, 테이블, 의자까지 모두 우리 집 건데 술만 아니어서" 자기가 가져왔다는 것이다. 그 모든 것들이 모딜리아니가 술집에서 슬쩍해온 것들이다. 그런 그가 1차 세계대전 직후 세계를 휩쓸며 5천만 명을 죽인 스페인 독감에 희생되어 서른다섯 나이로 죽는다. 그의 성대한 장례식에는 그러나 그의 여인 에뷔테른이 없었다. 슬픔에 젖은 그녀는 7층에서 뛰어내린 것이다. 태중의 아기와 함께.

이 정겨운 풍경들이 낯익어 보이는 것은 당시의 파리와 같은 인구로 "서울은 만원"이라고 탄식한 이호철의 1960년대나 고은, 이문구, 박태순이 유신체제에 저항한 우리의 1970년대가 연상된 때문이다. 당시의 젊은이들이 공부나 취업뿐 아니라 글을 쓰겠다고, 그림 그리겠다고 서울로, 종로로 몰려들었고 명동과 무교동을 헤매며 젊은 열정을 뿜어내고 있었다. 김승옥, 이청준, 김현이 '제3세대의 감수성'으로 한글 세대의 문학을 일으키고 황석영, 최인호는 송창식, 양희은 들과 청년문화를 꽃피우고 있었다. 예술가들이 세계로 뻗어나간 활기로 보면 우리의 그 아름다운 시절은 디지털 문명권으로 진입한 2020년 안팎의 오늘일 수도 있겠다. 조성진의 쇼

팽 콩쿠르 금메달, 방탄소년단의 유엔본부 초대, 한강의 맨부커상, 봉준호의 아카데미상 석권, 그리고……

어느 시대나 추억하며 기념하고 싶은 장면이 있고 감추고 지우고 싶은 기억도 있다. 그러나 프랑스인들이 '아름다운 시절'을 그리워하는 것은 그 시대가 세계의 문화지도를 파리의 풍경으로 아우르며 삶의 어긋남과 창조의 고통을 축복의 회상으로 되살리고 세기 말과 초의 지구를 예술 세계의 '둥근 지붕'으로 모두어 그 아름다움들을 사랑하고 자랑스레 여긴 때문이리라. 어느 역사인들 배신과 허위가 없었을까. 그 험난하고 안타까운 역사 속에서도 그것이 안아 넘겨준 시대적 의미와 보편적 가치를 보듬어 키운다면 그것이 '벨 에포크'로 회상되지 않을까. 아름다움이란 그 대상의 아름다움보다 대상에 대한 인식의 아름다움에서 피어날 것이기 때문이다.

〔2020. 4. 3.〕

큰눈, 먼눈: 『한겨레』 10000호

'10000번의 오늘', 『한겨레』가 '다섯 개의 이야기'와 기획 기사 5·18민주화운동 40돌을 더불어 기념하는 것은 우연이기보다 필연의 역사적 어울림으로 보인다. 전혀 다른 이 두 사건은 자유-민주주의의 한 뿌리에서 솟은 우리 시민의식과 열정이 함께 얻은 성과인 때문이다. 두 보수 신문이 올해 창간 100주년을 맞기도 했지만 그보다 68년 어린 『한겨레』의 지면이 더 기특한 것은 내 나이보다 늙은 신문들은 어두운 과거사들이 자주 낀 얼룩진 지면들을 안고 있지만, 55장의 1면으로 돌아본 이 젊은 신문은 창간의 절심함부터 이제까지 겪어온 뜨거운 역사를 몸으로 기억시켜준다. 동아—조선 두 신문사에서 언론자유 활동으로 추방당한 기자들과 민주시민들의 염원이 자발적으로 모여들어 사상 처음 사주 없는, 그래서 이권으로부터 자유로울 신문의 발간을 준비하던 시절의 열기가 회상되며 그 사연들이 1의 숫자 뒤 네 동그라미 안의 따뜻한 추억으로 안겨오고, 이렇게 신문이 천장 높이로 1만 장 쌓이는 날 나는 내 이름의 칼럼을 쓰고 있는 것이다.

퇴직기자들 중심으로 진정 신문다운 신문의 창간을 준비할 때 나는 신수동 작은 사무실에서 출판사 일에 바빠야 했지만 그보다 더, 나는 이 신문 창간 멤버로 끼기에는 너무 낡은 '외부인'이었다. 그럼에도 고맙게도 이 신문은 내게 끈질긴 연을 맺어주어 어엿한 주주로 해마다 총회 참석 통지를 보내왔고 나는 이 신선한 일간지의 당당한 기자이기를 탐할 수 없었지만 어쩌다가의 기고를 통해, 지금은 이제 두 달에 한 번 내 이름의 칼럼 필자가 되어 8년째 어설픈 글을 발표해오고 있다. '평생 기자'이기를 바라온 나로서는, 그렇다면 가로쓰기와 한글 전용을 맨 처음 시작한 신선한 한겨레의 '늙은 인턴 기자'로 자임해도 될는지.

'기자'라니까 회상되는 일이 있다. 내가 기자 생활을 꽤 열심히 하던 1970년대 중반 『대학신문』에 청탁을 받고 수상을 발표한 적이 있었다. 그 글 제목이 '왜 기자로 남아 있는가'였다. 왜 기자가 되었는가에 대답한 것이 아니라 왜 굳이 기자로 남아 있어야 하는지 그 이유를 자문자답한 것이었다. 정치 권력의 횡포는 자심했고 언론에 대한 억압이 가혹했던 유신시절의 삼엄한 판에 기자는 감시당하고 기사는 검열을 받아야 했다. 남산에 끌려가기도 했고 웬만한 기사 쓰기는 자기 검열을 하지 않을 수 없었으며 그래서 기자들은 진실을 지우거나 휴지통에 던져질 기사 쓰기에 맥이 풀려 정직한 보도는 당초부터 포기해야 했다. 더 나쁜 것은 곡학의 기사를 쓰기도 해야 했고 더러는 아예 정부 대변인이란 아세의 자리로 옮기기도 했다. 그래서였겠다. "나는 기자로 남아 있겠다. 기자는 유보하거나 포기하지 않고, 회피해서도, 물러나서도 안 되며 현장을 기억하고 기록해야 한다, 그러기 위해 나는 기자로 남아 있어야 한다"고 생각했으리라.

그런 다짐 1년 후 나는 어이없이 기자로부터 쫓겨나야 했다. 자못 비장했던 각오가 허무하게 무너진 것이다. 언론자유 선언, 제작 거부, 광고 사태, 기자협회 활동 등 연이은 격렬한 사태에 밀려 끝내 해고되고 만 것이다. 문학하는 친구들 덕분에 출판사를 만들어 교정부터 편집과 출판의 바쁜 일들로 내 삶의 길이 바뀌어야 했다. 그러고서 10여 년, 정치도 바뀌고 사회도 달라졌으며 무엇보다 신문이 변했다. 기자들은 볼펜으로 갈기던 기사 쓰기에서 그땐 무척 낯선 이메일로, 전화로 받아 쓰던 기사를 이젠 스마트폰으로 주고받는다. 나는 종이신문을 여적 '읽고' 있지만 내 자식들은 인터넷 기사를 검색하고, 유튜브, 트위터 등 지금도 내가 못 쓰는 갖가지 SNS로 신문과는 또 다른 매체를 통해 정보와 의견들을 나누고 있다. 그러나 전달 매체의 디지털화에 앞서 무엇보다 중요하게도, 언론계가 자유롭고 활달해져 기사를 옳게 쓰고 진실을 제대로 밝히게 된 것이었다. 그렇게 매스컴의 환경과 여론의 성격이 바르고 다양해졌으며 독자-시민들의 일과 의식도 바빠졌다.

『한겨레』는 이 거대한 변화가 일기 시작할 즈음 탄생했고 디지털로 바뀌는 일상의 진화와 걸음을 같이했다. 이 신문의 시선이 젊고 진취적이며 세대 감각에 민감한 것은 그런 덕도 클 것이다. 그러면서도 별의별 디지털 매체들의 소란스러움 대신 종이신문의 묵직한 전통의 덕성을 지켜주고 있다. 나 같은 아날로그 세대는 인쇄 잉크 냄새를 맡으며 기사의 크기, 배열, 사진으로 사건의 중요도를 짐작하기도 하는데 이때 정보나 여론은 단순한 기계적 나열이 아니라 지적 사유와 예리한 평가로 편집되어 전달된다. 이것이 가장 젊은 신문의 진보적 인식과 전통적 지성의 소리 없는 케미 효과를 일구어주는 듯하다. 『한겨레』가 이렇게 신선한 호흡과 신중한 인식으로 제작되기에, 그 어린 나이에도 최고의 신뢰도를 얻게 된 것이리라. 지식이 종이책의 한계에서 벗어나듯 뉴스와 여론이 전래의 신문에 매이는 정도도 앞으로 점점 달라지겠지만 그럼에도 신문은 여전히 엄중한 뉴스의 매체로 기능할 것이다. 방송의 소리말이 빠르고 텔레비전의 현장중계가 실감나지만 정보와 여론에서의 글자말의 메시지와 그 깊이는 그 이상으로 정확한 소식과 깊은 이해로 수용될 것이다. 뉴스의 가치와 해설의 무게를 위해 기자와 논설인들의 양식이 비평적 수준으로 높아지고 있지만, 그 향상은 신문의 영향력을 더욱 크고 무겁게 키워줄 것이다. 글자말이 지닌 뜻의 깊이, 그 진지함과 호소력은 소리말이 따라오기 힘든 자산이고, 신문의 기사 선택과 비판적 해석, 논평의 주장과 여론의 기획 들은 신문의 존재 가치를 루소의 이른바 '일반의사'로 수용해줄 것이다. 그렇게, 신문은 읽는 글을 통해 새로 보고 다시 생각하며 깊이 성찰토록 하는 데서 그 미래를 보장받는다.

나는 신문들이 나름의 개성으로 활발하면서도 큰 포용력으로 우리 사회와 역사를 수용하기를 바란다. 『한겨레』는 보수적인 우리 사회에 드물게 진보적인 체질이다. 그 진취적 사유를 통해 따뜻한 진실, 정론의 화해가 열리기를 바란다. 나는 이것을 '역사에의 관용'이란 말로 에둘러 표현했는데, 그것은 바로 보되 약자와 패자의 아픔을 부드럽게 싸안으며 옳음을 추키되 고집 센 미움을 풀어주기를 바라는 것이다. 이 형용모순들이 문리를 얻어 우리 정신의 폭을 열어 넓히면 우리 역사도 적폐를 넘어 적선의 긍정적 역사로 지혜롭게 만들어갈 수 있을 것이다. 세계를 큰 눈으로 보고 먼눈으로 받아들일 때 '1만호'를 맞는 신문이 우리 겨레의 '만세'로 환호받으며 그 '만세환호'의 참뜻을 채워갈 수 있을 것이다.

〔2020. 5. 18.〕

고르바초프의 역설

내가 모스크바를 구경했던 것은 31년 전인 1989년 가을이었다. 거기서 열린 국제도서전을 참관하기 위해서였는데 일행 20여 명의 출판인들처럼 내 관심은 책보다는 '철의 장막' 안의 소련 구경이었다. 벨그라드 호텔에 체크인 한 첫날 저녁 우리 몇은 근처 거리를 구경하러 나섰는데, 이건 좀 의외였다. 곳곳에 팬 홈에 물이 고여 어두운 거리는 지저분했고 여기저기 선 현판은 대패질도 하지 않은 각목이었다. 그러고 나서, 이태 전에 처음 가본 미국의 뉴욕은 고사하고 아직 후진국의 열등감을 지우지 못한 한국의 서울만도 못한 꼴을 많이 보아야 했다. 가령 외국인들은 호텔을 자유로 들락거리는데 정작 소련 시민은 정문 앞을 지키는 경찰이 신분증을 검사하며 투숙객이 동행해야 출입이 허가된다든가, 택시 요금을 우리 담배 두 갑으로 계산할 수 있다든가 달러를 루블로 바꾸자고 환전상들이 달라붙는데 1달러 당 0.6루블의 공정환율과는 상관없이 10루블로 환전되는 등등이었다.

서울의 교보보다는 작지만 모스크바의 중심가에 자리한 대형 서점에서 꼭 사고 싶었던 톨스토이나 도스토옙스키의 책을 볼 수 없었고 도시마다 거리 이름으로 붙여 자랑하는 그 위대한 작가들의 작품들은 영어로 번역된 것만 매대에 놓여 있었다. 당시 국제적인 베스트셀러여서 나도 떠나기 전 국역판으로 읽은 리바코프의 『아르바뜨의 아이들』도 그 서점에는 없었는데 요행 키에프행 국내공항의 신문스탠드에서 그 책을 발견해 살 수 있었다. 며칠 후 그 작가를 만났을 때 그 책의 여러 판본 중 그것이 가장 잘 편집되었다며 자필 서명을 해주어 나는 뜻밖에 횡재한 기분이었다. 밤거리에서 젊은 청년이 일제 싸구려 계산기를 보이며 손짓 몸짓으로 그 용도와 값을 묻는데 그건 30여 년 전 사상 최초의 우주선 스푸트니크를 쏘아올린 나라에서 전혀 예상할 수 없는 몰골이었다. 그럼에도 에르미타주의 미술관, 마음먹고 구경한 도스토엡스키의 집은 참으로 풍요하고 의젓했다. 이 상반된 풍경은 오웰의 『1984년』을 연상시켰다.

최근 국역된 마이클 돕스의 『1991』을 보면 내가 이런 소련을 구경하던 때가 미국과 세계를 반분해 주도하던 소비에트가 쇠퇴해갈 즈음이었다. 주 러시아 영국외교관의 아들로 모스크바에서 성장했고 주로 동구권을 취재한 워싱턴포스트 기자로 소개된 저자는 소비에트 체제가 파탄으로 금이 가기 시작한 것이 이미 10년 전의 폴란드 자유노조부터임을 분명히 하고 있다. 내가 지지난 이 칼럼에서 소개한 알렉세이 유르착의 『모든 것은 영원했다, 사라지기 전까지는』은 소비에트의 이념 체제와 실제 삶의 문화 사이의 균열이 이미 1960년대에 시작되었다고 보고 있지만 이 책은 그 이념 체제의 권력 내부 붕괴가 그로부터 20년 후에 파탄의 징조로 나타나고 있음을 치밀한 취재로 밝히고 있다. 그에 의하면 1980년 바웬사를 중심으로 한 그단스크의 레닌조선소 파업이 "공산주의 붕괴의 전조가 되는 사건"으로 "노동자가 노동자의 국가를 상대로 반란을 일으킨" 역설의 첫 사건이었다. 다음 사건이 1983년 9월 소련군의 대한항공 여객기 격추 사건으로 269명의 민간 탑승자 전원이 희생된 이 일에 대해 저자는 '바보들의 행진'이 일으킨 "국익에 반하는 사건"으로 "반대 의견을 억누르고 새로운 도전을 유연하게 다룰 능력이 없는 체제, 상식보다 이념을 중시하는 총체적인 우둔함을 보여준" 사태로 지적하고 있다.

두 세대 동안 지배해온 소비에트 공산주의 체제의 무식과 무능, 부패와 타락을 깨뜨리고 새로운 세대 고르바초프가 개방과 민주화를 주장하며 러시아의 총체적인 개혁을 시도한 것이 1980년대 중반이었다. 그러니까 내가 소련을 구경한 것은 이런 변화가 한창 폭넓게 진행되고 있는 참이었다. 비로소 전자문물이 유통되고 반공국가인 한국인 여행도 허락되며 만델스탐의 연극이 공연되고 미국으로 망명한 나보코프의 『롤리타』가 번역되는 해빙기를 맞고 발트 3국이 독립했고, 풍부한 석유 자원 탓에 서구에서의 에너지 절약 연구를 도외시하여 엄청난 체르노빌 사태가 일어났는데도 무능한 정부는 대책 없이 무력하기만 했다. 전임자들과는 달리 "원고 없이 연설할 수 있는 서기장" 고르바초프가 볼셰비키의 이념 포기를 선언하며 전개한 개혁 정책은 강렬했음에도 관료주의의 반동이 집요했고 공산당 관리들의 무기력과 부패도 완강했다. 국가보안위원회(KGB)의 쿠데타가 옐친의 주도로 허망하게 제압당하면서 고르바초프의 퇴각도 동시에 이루어지는데 이때 소련 공산당의 소멸과 공산주의의 자멸이 함께 오면서 마침내 '러시아 권력의 아우라'가 스러져버린 것이다.

짧은 시간 동안 급박하게 전개된 이 단계를 '프롤레타리아의 반란'(1979년 12월), '체제의 반란'(1983년 9월), '민족의 반란'(1989년 2월), '공산당의 반란'(1990년 12월) 등 점진적인 반란의 단계적 진화로 정리하면서 에필로그에서 고르바초프에 대해 내린 저자의 지적이 아프게 다가온다. "고르바초프는 공산주의를 해체한 공산주의자이자, 자신이 추진한 개혁에 추월당한 개혁자였으며, 세계에서 가장 큰 다민족 제국을 해체되게 한 황제였다. 고르바초프는 소련을 정보화 시대로 이끌려고 했지만 소련의 몰락을 주재할 운명에 처했다. 혁명을 시작했지만 결국 자신이 착수한 혁명의 희생자가 되었다. 고르바초프의 가장 중요한 기여는 자신이 '한' 일이 아니라 자신이 원하지도 않았어도 벌어지도록 '허용'한 일이었다." 고르바초프는 "공산주의 체제에 새로운 활력을 불어넣으려다가 오히려 무너뜨리는 데 성공한", 참으로 보기 힘든 아이러니의 본보기가 되어 반세기 동안 세계를 괴롭

혀온 냉전 체제를 무너뜨린 것이다.

이 책을 읽는 동안 세계와 우리나라는 '코로나19'란 멋진 이름의 세기적 역병에 시달리고 있었다. 그것은 부유하고 의료기술이 발전한 미국과 서구에서 더 심하게 창궐하고 있었다. 문명한 세계가 눈에 보이지 않는 세균의 역습에 앓고 있는 것이다. 이것이 발전의 아이러니인가? 이제 세계사를 '코로나 이전Before Corona'의 BC와 '역병 이후After Disease'의 AD로 나누어보자는 우스개를 헛말로 돌릴 수 없는 역설의 시대에 부닥친 것이다. 역설은 고르바초프 같은 권력의 인간에게만 해당되지 않는 듯하다. 문명이나 발전이라는 것, 이념이나 체제라는 것의 실제가 인간 삶의 현실에 얼마나 맞춤하게 조응하는지, 혹 적폐청산 작업이 새 적폐를 만드는 건 아닌지, 그 넘치고 모자람의 불화가 만드는 역사의 고비를 우리가 끊임없이 성찰해야 하는 것은 그 때문이다.

〔2020. 7. 3.〕

'거리두기' 문화론

코로나19가 세계를 휩쓸고 우리 땅도 절여놓은 지 반년이 넘었다. 그사이 거리에 나온 사람들은 으레 마스크를 쓰고 식당에서는 앞자리와 어긋나게 앉고 내가 즐겨보는 야구 경기장 관중들은 아예 없거나 띄엄띄엄 앉아 있었다. 이런 어색한 장면을 보기는 6·25 이후 70년 동안 별의별 일을 겪어온 내게도 낯설다. 어색한 것은 공공의 자리만도 아니다. 자가격리, 비대면, 무증상감염, 기저질환이란 못 보던 말들이 생기며 '뉴노멀' '언택트' '턱스크'란 신조어와 '3T(Test, Trace, Treatment)'의 새 약어가 돌고 기원전(BC)과 기원후(AD)가 '코로나 이전'과 '역병 이후'로 달라지고 '팬데믹'

‘K방역’이 주목받고 ‘집콕’ ‘팔꿈치(주먹)인사’ ‘화상강의’ ‘무관중 경기’의 전례 없는 새 형태의 행사가 이루어진다. ‘2020년 현상’이랄 수밖에 없을 이 현상과 말 가운데 내가 볼수록 묘미를 느끼는 것이 ‘거리두기’란 말이다. 말대로는 공간적 개념으로 ‘거리두기’를 권하는 이 권고의 실제는 정이 갈 만한 사이인데도 ‘거리를 두고 사귀다’라는 심리적 형태로 사용되고 있다. 새삼 찾아본 동아판 『새국어사전』에는 이 말이 나오지 않고 또 다른 동아판 『연세한국어사전』에는 표제어로 나오면서 ‘객관적으로 바라보다’ ‘아주 친밀한 관계를 맺지 않다’의 두 풀이를 주고 “사람 좋은 사업가로 소개된 이 사나이는 적당히 거리를 두면서도 허물없이 지내는 그런 사이 같다”는 예문까지 보탰다.

우리가 방역지침으로 권고받는 ‘거리두기’는 여기에 ‘공간적 거리는 두되 마음은 더 가까이’라는 또 하나의 뜻을 보태는데 한 병원에서 “마음은 가까이, 거리는 멀리”란 멋진 안내문을 보았다. 밀접을 당연한 전제로 하는 공적인 ‘사회’나 실제의 ‘생활’과는 거리를 두되, 내면 심정으로는 더 가까이 어울리기를 권고하는 공간적/심리적 거리감의 상반된 충고를 하고 있었다. 이 중의적 어휘를 음미하는 중인 7월에 두 분의 장례를 보았고 여기서 '거리두다'란 말의 실례들이 다시 내게 다가왔다. 한 분은 1천만 시민을 거느린 시장의 책무를 수행하다가 그 피로감에서 머뭇거리며 스며나왔을 위로받고 싶음의 소망에 거리를 두지 못하고 손길로 더듬다가 자진의 선택을 했고 다른 한 분은 젊은 나이로 불행한 시대에 젖어들어 그 후의 구국 업적에도 친일파의 오명을 들어야 했다. 이 분들의 장례 절차가 하루만이라도 넘기고 난 후 고소와 비판이 이루어졌다면 실정법적 역사적 판단과 평가가 좀 더 의연했겠다는 안타까운 생각을 했다. 그즈음 나는 소설가 김연수의 『일곱 해의 마지막』을 읽고 있었는데 이 짧은 장편은 재북 시인 백석이 산골로 하방되는 후년 시절을 재현한 것이다. 개인숭배가 한껏 강요되기 시작하면서 상상력도 말라가고 언어의 생동감도 잃게 되면서 "현실의 벅찬 한 면만을 구호로 외치며 낯을 붉히는 사람들의 시 이전의 상식을 배격"하는 세태에 대한 백석의 탄식을 아프게 읽으면서 작가동맹 기관지에 실렸다는 "시는 깊어야 하며, 특이하여야 하며, 뜨거워야 하며 진실하여야 한다"란 그의 말을 따갑게 받아들였다. 한 달 남짓 전에 작고한 그분들의 다른 한 면, 이 우악스런 세상의 다른 한쪽을 잠깐이라도 거리를 두고 침착히 보았다면 그 고통스런 일상의 업무와 시대의 한계에 대한 이해도 깊어졌을 것이며 어떤 질문도 허용치 않는 죽음이란 삼엄한 사태에 마땅히 숙연해졌을 것이다. 그런 후에야 백석이 소망한 깊음, 특이함, 뜨거움의 진실이 감싸오는 것이 아닐까. 그런 정서적 정황이라면, 질의 의원에게 이른바 "소설 쓰시네"란 법무장관의 경망한 비아냥은 분명 나오지 않았을 것이며 여당 대표 말 때문에 서울시민의 자부심을 "천박한" 자기 모멸로 자학하지 않았을 것이고 건국지도자들에 대한 광복회장의 공허한 발작적 격로로 민족적 자부심을 졸이지 않았을 것이다. 시대에 대한 관용, 인간에 대한 이해, 사태에 대한 성찰이 앞섰더라면 우리 역사와 현실에 대한 사회적 예의도 정중하고 격조 높았을 것이다.

문학에는 러시아 형식주의자들이 만든 '낯설게 하기'란 용어가 있다. 그저 "날씨 좋은 날"이라고 쓰기보다 "눈이 부시게 푸르른 날은/그리운 사람을 그리워하자"고 서정주처럼 쉽게 에둘러 거리를 두는 말로 읊을 때 좋은 날의 기막힌 그리움이 더욱 생생하게 실감된다. 문학의 표현은 바로 그 직접적인 서술보다 이처럼 낯설은 말로 다시 느끼고 상상하고 인식하게 만들 때 보다 풍요롭고 윤택해진다. 낯선 사람에게 "정거장이 어디 있죠?"라고 묻기보다 "정거장 가는 길이 어딘지 알 수 있을까요?"라고 덧말을 끼워넣을 때 보다 정중한 예의가 된다는 걸 중학생 영어시간에 배웠다. 사회적 교제든 문학의 수사법이든 우회적이고 은유적일 때 예의가 되고 예술이 된다. 나는 활자 시대의 문화와 디지털 시대의 문명으로 갈라 사용하는 버릇이 있는데, 르네상스 이후의 문자 문명 속에서 이루어진 인문주의와 그 바탕으로 이룬 삶의 형태를 문화로 읽고 디지털 기기로 우리의 의식과 관계를 탈문자화하는 형태를 문명으로 보는 것이다. 0과 1로 자연과의 관계를 디지털화하고 그것으로 세계를 디자인하는 문명과, 사유로 더듬고 문자로 표현하는 성찰의 문화를 구별하는 것이다. 그것이 만드는 이미지는 시골 초가지붕과 뒷산의 부드러움이 다소곳한 정다운 모습과 현대도시 마천루의 삐죽한 돌출과의 대조적 형상이며, 살포시 고개 들어 조용히 눈인사하는 숙려와 뻣뻣이 머리 치켜들고 세상 두려울 것 없다는 듯 휘젓는 오만의 어긋난 모습이다.

이 차이와 그 어긋남에서 인간세계의 어두운 미래상을 보는 듯하다. 그 불안이 코로나 '빛무리'에 쌓인 문명의 자신감 뒤에 파탄이 숨어 있음을 예감케 할지도 모른다. 나는 미래의 문명과 운명을 향한 조심스런 인사로써 그 파탄이 유예될 수 있기를, 그것이 거리두기의 성찰로써 종말에의 두려움을 겸손하고 부드럽게 수용될 수 있기를 바라고 있었다. 자연세계와 인간관계에 진지한 고민을 해온 녹색주의자 김종철의 유고 「코로나 시즌, 12개의 단상」(『녹색평론』, 2020년 7~9월호)이 그래서 아프게 읽힌다. "어쨌든 근대적 언어밖에 모르는 (빈곤한) 정신력으로 인간사의 내적 진실을 이해한다는 것은 불가능하다는" 사실, "코로나 사태 속에서 창궐하는 것은 바이러스만이 아닌 것 같다. 경박한 언술, 사이버 예언도 창궐하고 있다"는 진단, "'지옥'으로 가는 길을 '진보'의 길로 믿는 것은 아닌가"란 비관적 전망이 그렇다. 나는 여기서 방역을 위한 거리두기가 평정(平靜)의 문화적 삶으로 옮겨가기를 바라고 있다. 〔2020. 8. 28.〕

동심으로의 피정

세상이 울울했다. 평생 겪은 이것저것 중 아직 못 치른 남은 한 가지마저 당해보라는 듯 코로나19가 창궐해 거리와 상점은 삭막해지고 동네 거동에도 마스크를 써야 했으며 그것도 열 달이 훌쩍 넘어도 쉬 가라앉을 기미가 보이지 않는다. 게다가 여름에는 드물게 긴 장마와 그에 이은 태풍이 불어댔다. 여기에 가슴 답답하고 못마땅한 것이 어른들이 벌이는 정치판이었다. 자신들 때문에 일어난 문제들을 그것도 기울어진 진영논리로 해결하겠다고 다시 싸움을 벌이는 정치판에서 평등—공정—정의의 실현은 점점 멀어지는 듯싶었다. 세상은 허울처럼 아름답지도, 사랑스럽지도 않아, 외려 추접스러운 곳이었고 끝내 촛불 광장에 버스 성벽이 둘러치며 정작 한글날 광화문의 세종대왕은 참으로 외로워야 했다. 바르고 밝은 모습들 좀 봤으면, 하는 내 볼멘 말을 들은 아내가 상자 하나를 꺼내왔다. 거기에는 우리 아이들이 어렸을 때 훌쩍이며 보던, 덩달아 나까지도 감동의 회상에 젖던 옛 동화집 몇 권이 들어 있었다. 이 가을, 동심으로의 피정(避靜)은 그렇게 시작되었다.

무심코 처음 잡은 책이 아미치스의 『사랑의 학교』였다. 소년 시절 이 동화집을 보며 이처럼 단정한 아이들이 있을까 싶게 깊은 인상을 받은 책에는 70여 년 만에 보아도 잊히지 않은 이야기가 있었다. 생활에 보탬을 주려고 아버지가 매일 밤 봉투 쓰기 과외 일을 하는 걸 안타까워한 아들이 늦은 밤 몰래 아버지 대신 그 봉투쓰기 일을 한다. 아버지는 자기가 예상보다 일을 많이 했다고 즐거워하며 점차 학교 성적이 떨어지는 아들을 야단쳤지만, 뒤늦게 자기를 돕다가 탈이 난 것을 깨닫고 깊은 정에 겨운 사랑으로 아들을 껴안는다. 이 감동에 이어 내게 매우 실감 있게 다가온 이야기가 귀족 학부형의 처신이다. 가난하다는 이유로 반 친구를 조롱하다 말싸움을 벌이는 아들의 '비열한' 짓을 보고 아버지는 "네 아버지에 대해서 버릇없이 함부로 말한 것을 사과한다고 친구에게 잘못을 빌라"고 훈계하고 담임 선생에게 두 학생을 책상에 나란히 앉혀줄 것을 부탁한다. 귀족사회임에도 노블리스의 평등과 겸손의 태도를 가르치는 이 넘치는 '양식의 교실'에서 담담한 교훈 하나를 다시 배웠다.

다음 이야기가 『플란더스의 개』였다. 지금 보니 비운을 지나치게 한자리에 모아놓은 것이지만, 어렸을 때 먹지 못하고 추위에 떨고 동네 사람들에게 돌림당하는 네로와 그의 개 파트라슈는 세상의 모든 불행을 맡아 들이면서 그 이야기를 읽는 내 어린 심정까지 큰 슬픔으로 빠뜨렸는데, 더욱 비통했던 것은 천재적인 솜씨가 발휘된 네로의 그림이 뒤늦게 발견되어 최고상 수상 소식을 놓쳤고 그걸 알지 못한 소년은 실망에 젖어서도 그처럼 보고 싶어 하던 루벤스의 그림을 보고 행복에 겨워하며 끝내 숨진다는 더할 수 없이 아픈 대목이었다. 삼국지를 즐겨 읽던 소년시절의 아들도 이 장면 앞에서 숨을 멈추고 고개 숙이고 한동안 침묵에 젖어 있던 것이 기억났다. 『한네레의 승천』은 이보다 더 가난하고 외롭게 죽은 소녀의 마지막을 그리고 있는데, 여든 넘어 세속에 닳고 닳은 눈으로도 한네레와 네로의 운명은 어떤 변명이 끼어들 여지가 없는, 이 세계의 빈한과 학대의 증언이었다. 그들의 더없이 슬픈 죽음들은 전 시대의 절대 빈곤이 자아낸 절대 비애를 불러일으키면서 복잡한 이론이나 주장에 앞서, 세계의 비정함을 피할 수 없이 만나야 할 인간의 냉혹한 상황과 존재론적 애상(哀傷)이 새삼 나의 낡은 정서를 순수로 적셔준다.

그다음 내 손길이 닿은 것은 스페인 동화 『빵과 포도주, 마르셀리노』였다. 이 책은 내 마음가짐을 신성하게 진정시켜주는 힘을 가지고 있다. 60년 전의 대학 시절 이미 시인이 된 두 친구와 함께 극장에서 영화로 본 이야기인데 흑백의 그 중세적 웃음에 매혹되어 후에 동화책으로, DVD로 구해 둔 것이었다. 수도원 앞에 버려진 아기를 남자 수사들이 기르는 데서 벌어진 즐거운 수선들 속에 참으로 짓궂은 장난꾸러기이면서도 더없이 순진한 어린이로 자라는 마르셀리노는 어느 날 우연히 숨어든 다락방에서 가시관을 쓰고 십자가에 박혀 한없이 주리고 목말라하는 슬픈 남자를 만난다. 소년은 마음이 아파 주방에서 수사들 몰래 빵과 포도주를 훔쳐 그에게 가져다주기 시작한다. 마침내 소년은 그의 소망을 들어준 예수에게 안겨 엄마가 계신 하늘나라로 오르고 수사와 동네 사람들은 그 다락방이 영광의 광휘로 빛나는 기적을 보며 모여든다. 아기의 마음이 곧 맑고 즐겁고 따뜻한 천국이었다.

마해송 선생이 쓴 『바위나리와 아기별』은 우리나라 최초의 창작동화로 알려져 있는데, '감정바위' 틈에서 싹을 틔운 나리와 그 꽃을 내려다보는 아기별의 아픈 이별을 통해 어떻게 열여덟 어린 문학소년이 그처럼 생명 가진 것들의 헤어짐과 외로움을 형상화할 수 있었는지 놀라웠다. 백 년 전의 그 새삼스러움을 다시 자유로운 상상력으로 생동하게 만든 이야기를 최근 민병일의 『바오밥나무와 방랑자』에서 보았다. 한자리에 서서 몇 천 년의 세월을 읽어온 나무와 그 세상의 살아 있는 것들의 마음들을 떠돌며 들어온 방랑자와의 교감을 통해 슬픔에 적신 가난한 영혼들과 그것들의 어울림에서 빚어진 위로의 언어와 본원의 지혜는 내가 볼 수 있었던 것 중 가장 아름다운 삶에의 직관을 보여주고 있었다. 가령 "나무는 자연이 주는 고통마저도 축제로 받아들이고 고통을 생명체로 한 뼘 더 크기 위한 성장통으로 생각한다는 것, 자연이 남긴 상처가 나무들의 삶"이란 말, "따뜻한 음악이 생의 기쁨이나 비애, 사랑이나 절망마저도 무화시키는 따뜻한 허무"라는, "방황하는 한 인간은 아름답고 방황하기 때문에 인간"이라는, "오오 불완전함이 삶을 치유한다"는, 그리고 "인생은 상처를 통해 완성된다"는 속삭임.

이 자유롭고 따뜻한 메르헨이 부르듯, 소년 시절의 동화들에서 "어린 날의 순수한 꿈과 동경, 장난 등 잊힌 시간으로 불려" 나온 나는 사랑을 '길들임'으로 다듬는 생텍쥐페리의 『어린 왕자』 마지막의, 맞닿은 두 능선과 그 위에 별 하나로 이룬 그림을 이 세상 서사의 가장 아름다운 피날레로 보아왔는데, 이제 그 외로운 하늘 빈자리에 민병일의 끝마디가 꽂힌다. "노을에 찍힌 새발자국!" 눈 아린 이 이미지는 내 속 가장 여린 자리에 '뜨거운 상징'으로 각인되고 있었다. 그래서, 이 가을의 피정 끝내에 이르러 나는 쓰고야 만다: 아이들 세상의 "가난한 마음은 순진을 낳고 순진은 슬픔을 낳고 슬픔은 진정을 낳고 진정은 아름다움을 낳고, 아름다움은 사랑을 낳고, 사랑은… 낳고, …낳고," 아, 마태의 저 복음적 낳고의 변증! 〔2020. 10. 30.〕

기억으로서의 크리스마스

내 다음 칼럼이 크리스마스에 게재된다는 통보를 받자, 나는 기억 속의 성탄절을 불러내보기로 자연스레 작정했다. 교회를 나가는 것도, 신의 존재나 성령의 역사를 믿는 것도 아니면서, 아직껏 나는 크리스마스라면 소년처럼 알 수 없는 그리움으로 조용한 홍분에 차 종교적 소망에 젖어드는 것을 느낀다. 고1 때 옆자리 친구의 꾐에 처음 교회를 나갔고 대학 2학년 4월, 문득 담배를 물면서 배교자로 선언하고서 지금껏 교회와 성경을 거절하며 살아왔지만, 청소년 시절의 그 짧은 기독교 체험은 눈 오는 12월이면 성탄절과 새해맞이가 겹쳐 아득한 그리움으로 되살아나면서 가슴은 설레고 머리는 신선한 기대에 이끌리던 어린 정서에 젖어들곤 했다. 기억 속의 크리스마스는 그처럼 집요하게 조용한 감동을 일으켜 왔다.

글자를 겨우 아는 아들딸에게 시작된 나의 성탄 카드 보내기는 어느새 중년의 나이를 지나는 지금껏 계속되고 있다. 몇 해 전 문득, 내가 교회를 다니는 것도 아니고 그 자식들이 기독교와 상관없이 살고 있기에 이 짓거리가 부질없는 노인네 청승이 아닐까 싶어졌고 굽은 몸으로 교보에 나가 카드를 사고 상투적인 축복의 글을 쓰고 게으른 걸음으로 우체국을 다녀오는 수고가 힘들어지기도 해서. 이제 카드 보내기는 그만두겠다고 메일로 자식들에게 통고한 적이 있었다. 며칠 후 대학 선생인 셋째가 집에 와 카드 몇 장을 꺼내면서 여기에 전과 같이 크리스마스 축하 글을 써달라고 했다. 그게 빌미가 되어 자식들에게 카드 보내기는 계속되어야 했고 올해도 그 작은 수고를 치렀다. 아마 이 일은 내가 애비로서 살아있는 한 맡아야 할 자식들에게의 시복 의례가 될 것 같은데 자신들은 교회 체험 없이 세상살이를 하면서도 어렸을 때 얻은 축복의 다사로움을 여전히 즐거운 기억으로 간직하고 있다는 것에 나는 감동했다. 자식들과의 어린 시절 기억의 공유, 그 추억의 따뜻함이 내게도 다가온 때문이었다.

성탄 카드를 처음 보게 된 1950년대 후반의 내 사춘기 시절, 이날만은 밤 12시가 되면 시행되던 통금이 해제되어 마음껏 나다녀도 좋을 '자유의 밤'이 되었다. 교회에 발을 끊고 성인이 된 후에도 크리스마스 이브가 되면 나는 거리를 배회하는 대신 티브이로 김수환 추기경님이 집전하는 명동성당의 성탄예배를 보았고 종로의 풍성한 밤거리 풍경도 즐겼다. 금지가 없는 자유는 그처럼 풍요롭고 따뜻했다. 그때의 크리스마스는 기독교 축일이기를 넘어 정서적 정신적 '해방구'가 되고 금제로부터 벗어나는 '자유의 축일'이었다. 얼마나 막혀 있었기에 1년에 단 하루, 성탄절 밤의 자유를 그처럼 환희로 받아들였을까. 신군부 독재에 대한 숱한 비판에 동조함에도 그 보상으로 해방 이후 35년 넘게 강요된 통금을 해제하여 일상의 통제에서 해방시켜준 일은 그래서 의외로 큰 의미를 가진 높은 업적으로 나는 평가한다. 이 통금 해제는 몇 년 후 사상과 표현 및 출판의 자유라는 80년대 한국 민주주의의 비약적 계기에 우리가 모르는 새 큰 디딤돌이 된 것이다.

내게는 크리스마스가 안겨준 그리움이 더 있다. 내가 다니던 교회는 지방 도시의 개척교회로 깡통 껍질을 펴 반원형

퀀세트 지붕을 덮은 말 그대로의 '깡통교회'였는데 80명 안팎의 이 교회 학생회는 성탄절을 맞아 교단을 아담하게 장식했고 서로 선물을 교환했으며 성가대가 된 우리는 이브의 한밤부터 신자들의 집을 순방하며 캐럴을 부르고 성탄을 축하했다. 그 순방의 마지막이 교회에서 가장 멀었던 우리 집이었고 불교 신자인 어머니는 단팥죽을 쑤어 성가대원들을 먹이셨다. 그 따뜻한 회식이 화이트 크리스마스 이브를 축하하는 소박한 피날레가 되었다. 이때의 나는, 후에 돌이켜보면, 교회를 다녔음에도 정통의 신앙보다 아마 사춘기적 낭만에 젖어 있었지 싶다. 목사님 설교나 성경 말씀보다 그 교회를 오가는 한밤의 거리 걷기를 더 좋아했고 그 길을 걸으며 가로수들의 은근한 향기를 맡고 구름이 흐르는 저녁노을과 별빛이 엷어지는 여명을 그리움으로 안아, 가슴에 누볐다. 이 순수한 열망은 청년기의 열정과 번민으로 무신론의 독설로 바뀌었지만, 그럼에도, 12월이 되고 거리의 캐럴을 들으면 내 정서는 10대의 순진으로 돌아가, 무구한 시절들의 회상에 젖는다. 그것은 소년기로의 정서적 회귀이며 그 기억들의 안쓰러운 환기였다. 한창의 소년기에 치른 짧은 체험이었지만 그것은 범속한 일상으로부터의 탈속을 부르고 순결한 정조로 돌아가고 싶은 맑은 소망이 된 것이었다.

리처드 도킨스의 『만들어진 신』을 보며 그의 무신론과 교회의 폐해에 전적으로 공감하면서도 그가 놓친 것이 있다고 생각한 것도 이 부분이다. 기독교가 2천 년 동안 지은 잘못도 크지만 세계가 무지와 혼란으로 고통스러웠던 '축의 시대'에 그리스도의 사랑과 봉사의 미덕을 가르치고 그 윤리와 가치관이 신을 잃은 세속 사회에 여전히 엄숙한 규범이 되어왔음을 도킨스는 무시한 것이다. 미국 목회자의 반 넘어가 인격신의 존재를 인정하지 못하고 서구의 많은 신학자들이 육체의 부활을 믿기보다 정신의 평정을 권고하고 있지만, 오늘의 보편적 가치관과 사랑의 윤리는 기독의 그 진정성에서 비롯되었고 그 인간학과 예술을 통해 정신적 연대와 정서적 공감으로 기억해온 때문이다. 폴 콜리어는 『자본주의의 미래』에서 "그러나 '신이 죽었다'고 해서 다른 사람들에 대한 우리의 의무가 사라지는 것은 아니다. 오히려 올바르게 이해하면 그 의무는 우리에게 더욱 확고하게 지워진다"고 쓰는데, 그 의무는 2천 년 동안 쌓이고 넓혀진 기억들이 오늘의 인류에게 부여한 보편적 정언명령이 되었다.

두 달 전의 이 칼럼은 "가난한 마음이 순진을 낳고"의 마태적 '낳고'의 변증으로 맺었다. 힘들었던 2020년의 마지막이 『권력은 사람의 뇌를 바꾼다』며 강준만이 꼬집듯 "개혁을 외치던 이들이 개혁의 대상이 되는" 진영 권력이 역병의 만연 속에 더욱 기승한다면, "탐욕은 거짓을 낳고 거짓은 억지를 낳고 억지는 탄압을 낳고 탄압은……"의 '묵시록적 낳고'의 변증을 부를지도 모른다. 디킨스의 『크리스마스 캐럴』에서 스크루지는 참담한 자기 미래를 꿈에서 만나고 잠을 깨자 뜨겁게 회개하며 변신한다. 우리도 치열하게 솟구치는 4·19, 5·18, 6·29의 기억들로 21세기사에 새로운 계기를 만들고 스크루지처럼 세상을 고쳐 살 수 있다면! 거대 권력의 폭주를 멈춰 세워, 억지의 '패거리 과정'을 '진짜 공정의 과정'으로 지워내고 '20년 집권의 야욕'은 버려버리는, 정말 '정말(!)의 정의의 결과'에 이를 수 있기를, 나는 캐럴을 들으며 화이트 크리스마스를 꿈꾼다. 〔2020. 12. 25.〕

2020, 그 자부심의 세대

나는 21년 전인 2000년 3월 내가 일하던 자리에서 스스로 물러났다. 30여 년의 내 열심에 대한 자족감에서라기보다 앞으로 올 새 문명에 대한 깊은 두려움을 떨칠 수 없었던 때문이었다. 게으른 아날로그 세대가 밀레니엄 세대의 디지털 환경을 겪어낼 방법을 익히지 못했고, 무력감으로 패배할 말년의 내 생애가 덧없이 구겨지느니보다 조용히 물러나 내가 감히 짐작하지 못한 21세기 문명을 구경하며 음미하고 싶었던 것이다. 추신을 달 듯 은퇴 후에도 몇 해 강단과 공직 일을 잠시 맡긴 했지만 내 관심은 낯선 시대에 부닥칠 삶의 방식과 문화에 대한 신선한 체험에 매여 있었다.

그 체험은 과연 새로웠다. 물자는 좋아지고 참으로 풍부해졌으며 자가용으로 나다니고 해외여행도 이웃 마실처럼 잦아졌다. 무엇보다 신기했던 것은 스마트폰이었다. 손바닥만한 판때기 안에 수첩의 메모에서 백과사전의 지식들, 빠르고 다양한 갖가지 정보들, 숱한 엔터테인먼트들이 들어 북적거리는 것이었다. 그것 하나만 있으면 하루가 지루할 리도, 무엇 모를 일도 없었다. 우리나라가 그 스마트폰의 최강국이었다. 여기에 철강·조선·정유 등 중공업의 강대국, 반도체의 최선진국이며 가장 앞서 디지털 행정을 구축했고 정치적 민주화는 정착되고 남북간의 이산가족 상봉과 정상회담도 가졌다. 신도시가 죽순처럼 건설되며 전 국토의 일일생활권이 되었다. 우리는 어느 사이 지구 변두리에서 중심으로 다가가 월드컵을 개최하고 빌보드 1위를 차지하며 쇼팽 콩쿠르에 우승하고 아카데미 작품상을 탔다.

이 '압축 성장'으로 말미암은 어둠을 물론 놓칠 수는 없다. 전대미문의 9·11 테러로 시작된 21세기, 피에로의 허세로 가득 찬 트럼프와 굴기의 기치를 휘두르는 시진핑의 각축 사이에 끼인 불편한 국제정치 속에서 우리나라는 경제적 사회적 부조리가 만연하고 빈부 격차와 세대 갈등은 더욱 심각하며 인구는 줄고 전통적인 가족 구조가 해체되는 진통을 겪어야 했다. 노동의 질과 조건은 더욱 악화하고 갑질의 행패는 심해지며 공동체 생활의 유대감은 줄어들고 영유아 학대는 가혹해진 나쁜 세상이 되고 있었다. 그리고 마침내 다른 세계와 함께 코로나19의 대역병에 휩쓸리고 있는 중이다. 그런 가운데 우리 정치사에서 내게 의아스러운 것은 21세기 20년 동안 선출된 우리나라의 대통령 누구도 온전한 은퇴를 누리는 이가 없다는 사실이었다. 한 분은 바위 위에서 뛰어내렸고 다른 둘은 어두운 옥살이를 하고 있다는 사실은 세계 10위권의 대국에 올랐다는 경제적 선진과 분명 어울릴 수 없는 정치적 후진의 엇갈린 모습을 보이고 있었다. 여기에 한국의 선진화를 이끄는 기업의 영수 역시 감방생활을 하고 있다는 사실은 분명 마주 보기 어려운 어깃장이다.

이 현실사회의 부조리를 현장감 있게 확인시켜주는 것이, 조국 사태 이후의 치사스런 86세대의 타락, 장관과 총장의 볼썽사나운 힘겨루기, 끝내 지엄한 사법부 수장까지 거짓말쟁이로 발각되는 정말 이해할 수 없는 장면까지 우리는 보아야 했다. 어쩌다 이처럼 다수의 횡포를 넘어 독재로의 후퇴가 어른거릴 정도까지 우리는 참담하게 되었는가? 나는 그 실제를 알고 싶어 몇 권의 시론집을 찾았다. 그 저자들은 진보적인 학자로 알고 있는 논객들이지만 이제는 그 진보파 세대들의 '배반'을 비판하고 있었다. 제목부터 『진보는 어떻게 몰락하는가』 『권력은 사람의 뇌를 바꾼다』 『한번도 경험해 보지 못한 나라』 『싸가지 없는 정치』로, 진보주의를 표방한 정권의 배신에 대한 공격들이 뜨겁게 들끓고 『진중권 보수를 말하다』에서는 오히려 '보수 꼴통'에 격려의 훈수를 주고 있었다. 여기서 내가 본 것은 '문빠'가 보이는 '팬덤 정치'라는 현상과 그것이 "'떡검, 기레기, 토착 왜구, 뭉클, 울컥, 사랑해요, 지키자'는 일곱 마디"로 압축되는 현실, "집단의 소속감이 이념보다 앞서는 내로남불"의 풍조 속에서 "'아빠 찬스'는 기회의 평등함이 되고 '부정 입학'은 결과의 정의로움이 되었다. 가치는 전도되었다"는 역설의 세상이었다.

그런 인식의 전복 사태 속에서, 자타가 공인하는 정통보수의 복거일은 『낭만적 애국심』을 비판하며 이승만, 이광수의 재평가를 요청하고 진보파들이 부정적으로 인식하는 역사의 불행에서 오히려 '창조적 파괴'를 발견하며 "중심부의 문명을 받아들여 내재화함으로써 사회를 진화시킨 과정"을 정시할 것을 권하고 있다. 이 말을 실감 있게 확인해주는 것이

1980년대에 태어난 30대로 짐작되는 젊은이들이 쓴 『추월의 시대』였다. 내게는 아주 생소한 김시우, 백승호, 양승훈, 임경빈, 하헌기, 한윤형 등 6명의 저자들은 우리나라가 1987년에 새로운 분기를 맞아 "민주 항쟁에서 도출된 사회적 합의 이후 6공화국의 헌법으로 모터를 갈아끼고 30여 년을 달려 〔……〕 비록 도중에 부침이 있기는 했지만 급기야 근대화에 먼저 성공하고 자신들을 식민지로 삼았던 옆나라를 추월해버렸다"고 확신한다. "한국 사회는 이미 객관적으로 '추격의 시대'를 지나 '추월의 시대'로 진입하고 있었다." 식민지였고 여전히 분단국이지만 그럼에도 "한국인으로 생존했다는 것 자체가 위대한 성공담이었다"는 그 콤플렉스 없는 자신감에 나는 감동했다. 그것은 서슴없는 자부심에서 솟은 당당한 자기 세대 선언이었다.

『금지된 지식』의 저자 에른스트 피셔는 1960년대를 "심장이식과 달나라 여행을 배우던 미래학의 위대한 시대"라고 규정해서 그 세대의 내 늙은 나이를 위로하고 있지만, 60년 전의 우리 4·19세대는 '식민-후진국'의 열등감에 젖어 부끄러워야 했고 자식뻘의 86세대는 '주변부-종속' 사회의 분단국민이란 피해의식에 빠져 자학해야 했다. 그런데 신세대는 지난 시절의 '약소국 설움'들을 이 코로나 역병의 시대에 오히려 '강한 장점'으로 바꿔보라며 '반전의 시선'을 제시한다. "먼저 통일에 대한 강박을 벗어던지고 세계화 시대에 적응하는 숙제"를 해결하면 "주관적 약소국이지만 객관적 강대국"일 수 있을 '약소국의 축복'을 멋지게 누릴 것으로 그들은 장담하고 있다. "한국인의, 한국인에 의한, 한국인을 위한 민주주의 국가는 결코 한국이 중국이나 일본에 흡수되는 전개를 용납하지 않을" 거라는 그 두려움 없는 신세대의 자신감을 누가 감히 거부할 수 있으랴. 나는 자부심 넘치는 2020세대에, 감히, 새해 새봄의 축복을 드린다. 〔2021. 2. 26.〕

덧붙임

'늙은' 칼럼니스트의 심사

젊은 나는 기자로, 문학평론가로 행세하면서 기사며 문학작품 비평을 쓰는 동안 이런저런 매체로부터 청탁을 받고 또 갖가지 글들을 썼다. 정치와 현실에 대한 묵직한 글이기도 했고 회상이나 일상에의 잡상에 이르는 가벼운 글이기도 했다. 나이 들기를 넘어 늙어가면서 내 직업적 글쓰기의 테두리는 좁아지고 때마다 자리마다 느끼고 생각나는 일들도 줄어들었다. 그런 참에 더러 온 청탁이 정기 칼럼이었고 『한겨레』는 아예 내 이름을 붙인 '칼럼'을 부탁해왔다. 기왕의 글쓰기 수준과 책임을 한 급 올려주는 느낌이어서 영예롭게 여겨야 했고 그렇게 그 난을 채운 지 어느 사이 9년째에 이르렸다. 그런 참에 문득 '칼럼'이란 글의 성격, '칼럼니스트'로서의 자세를 물어와 나는 당혹했다. '칼럼' 필자로 글을 써왔지만 정작 '칼럼'이 어떤 유의 글을 가리키는지 별다른 의식도 없었고 그 글을 쓰는 품새를 특별히 가다듬지도 않아온 것이다.

정신이 퍼뜩 들어 문학적 장르로 규정된 것도 아닌 '칼럼'의 정체를 새삼 확인하는 것이 우선이어서 사전을 찾아보았다. 『프라임 영한사전』의 'column'에는 첫 뜻 '기둥'에 이어, '원주 모양의 물건'이란 풀이, 군대의 '종대', '〔신문 등의〕 난'이 적혀 있고 추가로 '〔신문의〕 특약 정기 기고란'이라 하여 비교적 분명한 풀이를 주고 있었다. 그 풀이에는 '기둥 모양에서 세로로 긴 페이지의 난'으로 그려진 도표도 있었다. 그래서 대충 신문이란 나날의 소식을 알리는 특정한 매체, 정기적이란 시간성, 특약이란 관계로 이루어진 글쓰기란 것을 확인할 수 있었다. 나는 대체로 그런 틀로 '칼럼'을 써왔던 것 같긴 했다. 무슨 이야기를 어떻게 풀어 공공연한 의미로 내 뜻을 넓혀 읽는 이들의 공감을 얻을지, 그러려면 어떻게 글줄을 늘이고 구성을 짜야 할지 고심하며 정해진 마감과 글의 길이를 지키려 했던 것이다.

두 달에 한 번의 그 고역에도 나는 이 독특하다고 해야 할 장르의 글쓰기를 즐겨왔던 것 같다. 매일의 뉴스를 보도하는 매체이기에, 그 주제는 시의성을 고려하며 정한 날짜까지 원고를 보내야 하는 약속을 오히려 달가워했다. 나는 바로 이 칼럼 쓰기, 쓰고 고치고 바꾸고 줄이고 하는 그 글들과의 씨름에 버릇되면서 내 의식의 결기를 다잡고 거기서 빚어질 긴장과 씨름했다. 글은 그 글 쓸 즈음의 시의성을 드러내야 한다는 것, 그래서 무엇을 써야 할지 주제와 줄거리를 찾고 고르고 구성을 하는 절차를 어느 문학적 글쓰기나 시사적 기사 쓰기 못지않은, 아니 칼럼의 성격에 어울려야 할 제약을 지키기 위해 더 심하게, 사유들 속을 부지런히 헤매야 한다. 그런데 그 외형의 한계가 주는 내면적 자유가 즐거워오는 것이다.

나는 사건의 추이를 추적하는 기사나 해설, 혹은 사설처럼 객관적 주장이나 규명으로 엄격하게 강조하는 것도 아니고, 사건과 사태에 대한 내면의 사유나 회상을 '수필'이란 용어처럼 흐르는 대로의 자유로운 생각들을 드러내는 것도 아니었다. 설정한 주제는 큰 틀에서 짚은 것이지만 그것에 대한 사유와 접근은 부드러운 사고의 진행에 따라 풀어간다는 것, 그것은 시나 소설 같은 개인적 상상의 분방을 유보하는 대신 익명의 공적 주장이나 설명이란 비개인성에 빠지지 않고, 바로 나이기 때문에 생각하고 쓰는, 또 쓸 수 있는 자유를 가지면서도 그만큼 객관적·공론적 성격으로 벼려진 말이어야 할 것이었다. 그러기 위해 새 책, 옛 기록을 찾고 묵은 기억들을 헤집어내며 이 생각과 저 사건을 맺고 거기서 보태고 뺄 것을 정리하는 수고를 해야 한다. 그러니 글의 주제가 당시의 현실적 상황에 매이지만 그 접근 방법과 태도는 여유 있고 탄력적이며, 글의 내용은 통개인적이고 공론적이지만 글의 형태와 쓰기는 유연하고 사유와 추리는 필자의 개인적 특성과 자유로움을 보장해줄 것이었다. 제약 속의 자발성, 한계 속의 제멋대로임을 열어주는 '칼럼'의 형태는 그래서 노년의 내 바람에 어울려가는 것 같다.

젊을 때의 나는 거창하게 '문명비평가'일 수 있기를 꿈꾸었다. 한갓 소망으로 그치고 만 것은 분명하지만, 내 시들어가는 마음을 토닥거리며 움직이는 세상과 침잠하는 의식 간에 다리를 놓아 여전히 세계에 대해 긴장하고 까다로운 현실을 고려할 수 있게 만드는 것은 이 '칼럼' 쓰기 덕분이다. 몇 해 후의 앞날도 기대할 수 없는 낡고 늙은 내게, 그것은 고역이면서 즐거운 보람이고, 덧없는 일이되 의미 있는 고민을 치른다. 그 살아 있음의 확인을 위한 노력이, 모든 것을 정리해 마쳐야 할 나이임에도 여전히 미련으로 나를 붙잡고 있는 것이리라.

〔2021. 2. 15.〕

『생각의 저편』과 함께 읽은 책

가이아 빈스, 『인류세의 모험』, 김명주 옮김, 곰출판, 2018.

강양구 · 권경애 · 김경율 · 서민 · 진중권, 『한번도 경험해보지 못한 나라』, 천년의상상, 2020.

강준만, 『권력은 사람의 뇌를 바꾼다』, 인물과사상사, 2020.

———, 『미국사 산책 7』, 인물과사상사, 2010.

———, 『싸가지 없는 정치』, 인물과사상사, 2020.

고세훈, 『조지 오웰』, 한길사, 2012.

김성우, 『수평선 너머에서』, 문학과지성사, 2018.

김시우 · 백승호 · 양승훈 · 임경빈 · 하헌기 · 한윤형, 『추월의 시대』, 메디치미디어, 2020.

김연수, 『일곱 해의 마지막』, 문학동네, 2020.

김원우, 『운미 회상록』(전 2권), 글항아리, 2017.

김철, 『바로잡은 무정』, 문학동네, 2003.

김현, 『한국문학의 위상/문학사회학』(김현문학전집 1), 문학과지성사, 1991.

노마 히데키, 『한글의 탄생』, 김진아 · 김기연 · 박수진 옮김, 돌베개, 2011.

리처드 도킨스, 『만들어진 신』, 이한음 옮김, 2007.

리처드 호프스태터, 『미국의 반지성주의』, 유상은 옮김, 교유서가, 2017.

마이클 돕스, 『1991』, 허승철 옮김, 모던아카이브, 2020.

마이클 셔머, 『도덕의 궤적』, 김명주 옮김, 바다출판사, 2018.
마해송, 『바위나리와 아기별』(마해송 전집 1), 문학과지성사, 2013.
메리 매콜리프, 《예술가들의 파리》 4부작, 최애리 옮김, 현암사, 2020.
문재인, 『문재인의 운명』, 북팔, 2017.
민병일, 『바오밥나무와 방랑자』, 문학과지성사, 2020
박경리, 『토지』, 솔출판사, 1993.
박근원, 『여해 강원용 목사 평전』, 한길사, 2017.
방정환 번안 동화, 『한네레의 승천』, 책꽂이, 2017.
백수린 외, 『여름의 빌라』(2018 문지문학상 수상작품집), 문학과지성사, 2018.
복거일, 『낭만적 애국심』, 펜앤북스, 2020.
생텍쥐페리 글 그림, 『어린 왕자』, 김현 옮김, 문학과지성사, 2012.
서기원, 『암사지도』, 민음사, 1996.
C.P. 스노우, 『두 문화』,오영환 옮김, 사이언스북스, 2001
스콧 몽고메리 · 데니얼 치롯, 『현대의 탄생』, 박중서 옮김, 책세상, 2018.
스티븐 네이페 · 그레고리 화이트 스미스, 『화가 반 고흐 이전의 판 호흐』, 최운영 옮김, 민음사, 2016.
아나똘리 리바꼬프, 『아르바뜨의 아이들』, 홍지웅 · 이갑수 옮김, 열린책들, 1988.
알렉산더 데만트, 『시간의 탄생』, 이덕임 옮김, 북라이프, 2018.
알렉세이 유르착, 『모든 것은 영원했다, 사라지기 전까지는』, 김수환 옮김, 문학과지성사, 2019.
에드몬도 데 아미치스 글, 김환영 그림, 『사랑의 학교』, 이현경 옮김, 창비, 1997.
에드워드 돌닉, 『뉴턴의 시계』, 노태복 옮김, 책과함께, 2016.
에른스트 페터 피셔, 『금지된 지식』, 이승희 옮김, 다산초당, 2021.
에릭 홉스봄, 『극단의 시대: 20세기 역사』, 이용우 옮김, 까치, 1997.
올더스 헉슬리, 『멋진 신세계』, 이덕형 옮김, 문예출판사, 1998.
요르겐 랜더스, 『더 나은 미래는 쉽게 오지 않는다』, 김태훈 옮김, 생각연구소, 2013.
위다 글, 하이럼 반즈 그림, 『플란더스의 개』, 비룡소, 2004.
이상묵 · 강인식, 『0.1그램의 희망』, 랜덤하우스코리아, 2008.
이언 골딘 · 크리스 쿠타나, 『발견의 시대』, 김지연 옮김, 21세기북스, 2018.
이철승, 『불평등의 세대』, 문학과지성사, 2019.
이청준, 『눈길』(이청준 전집 13), 문학과지성사, 2012.
장준환, 『변호사들』, 한스컨텐츠, 2017.
재러드 다이아몬드, 『대변동: 위기, 선택,

변화』, 강주헌 옮김, 김영사, 2019.
전치형 · 홍성욱, 『미래는 오지 않는다』, 문학과지성사, 2019
정영현, 『꽃과 제물』, 문학과지성사, 2018.
제러미 리프킨, 『노동의 종말』, 이영호 옮김, 민음사, 1996.
조반니 보카치오, 『데카메론』, 박상진 옮김, 민음사, 2012.
조선희, 『세 여자』, 한겨레출판, 2017.
진중권, 『진보는 어떻게 몰락하는가』, 천년의상상, 2020.
———, 『진중권 보수를 말하다』, 동아일보사, 2021.
최일남, 『국화 밑에서』, 문학과지성사, 2017.
카를로 마리아 치폴라, 『시계와 문명』, 최파일 옮김, 미지북스, 2013.
콜린 윌슨, 『아웃사이더』, 이성규 옮김, 범우사, 1997.
토머스 D. 존스 · 마이클 벤슨, 『NASA, 우주개발의 비밀』, 채연석 옮김, 아라크네, 2003.
프랜시스 스토너 손더스, 『문화적 냉전: CIA와 지식인들』, 유광태 · 임채원 옮김, 그린비, 2016.
피터 버크, 『지식의 사회사』, 박광식 옮김, 민음사, 2017.
피터 왓슨, 『생각의 역사』(전 2권), 남경태 옮김, 들녘, 2009.
———, 『컨버전스』, 이광일 옮김, 책과함께, 2017.
호세 마리아 산체스 실바, 『빵과 포도주의 마르첼리노』, 분도출판사, 2013.
홍성원, 『남과 북』(전 5권), 문학과지성사, 2000.
———, 『무사와 악사』, 고려원, 1977.
황석영, 『수인』(전 2권), 문학동네, 2017.

저자 **김병익**은 1938년 경북 상주에서 태어나 대전에서 성장했고, 서울대 문리대 정치학과를 졸업했다. 동아일보 문화부에서 기자 생활(1965~75년)을 했고, 한국기자협회장(1975년)을 역임했으며, 계간 『문학과지성』 동인으로 참여했다. 문학과지성사를 창사(1975년)하여 대표로 재직, 2000년 퇴임 후, 인하대 국문과 초빙교수와 한국문화예술위원회 초대위원장(2005~07년)을 지냈다. 현재 문학과지성사 상임고문으로 있다. 대한민국문학상, 대한민국문화상, 팔봉비평상, 대산문학상, 인촌상 등을 수상했다.

김병익 칼럼집

생각의 저편 - 만년의 양식을 찾아서

초판 1쇄 발행 2021년 4월 20일
초판 3쇄 발행 2021년 6월 25일

지은이 김병익
펴낸이 이광호
펴낸곳 ㈜**문학과지성사**
등록번호 제1993-000098호
주소 04034 서울 마포구 잔다리로7길 18(서교동 377-20)
전화 02) 338-7224
팩스 02) 323-4180(편집) / 02) 338-7221(영업)
전자우편 moonji@moonji.com
홈페이지 www.moonji.com

ISBN 978-89-320-3842-1 03810